キケン

有川 浩

角川文庫
19794

CONTENTS

挿画　徒花スクモ

ネームデザイン　渡辺優史（ハイ制作室）

キケン

*

某県某市、成南電気工科大学——ほどほどの都市部に所在し、ほどほどの偏差値で入学でき、理系の宿命として課題が鬼のように多い、ごく一般的な工科大学である。

そして、この成南大に数ある部活の一つに『機械制御研究部』があった。

略称【機研（キケン）】。

しかし——この略称が部にまつわる様々な事件から、ある種の畏怖《いふ》や慄《おのの》きを以《もっ》て名付けられたことは、機研黄金期の在学生には広く有名だった。

機研（キケン）＝危険。

その黄金期。【機研】は正しく危険人物に率いられた危険集団であった。

よっ
こう、パアーっと！
さあ、靴ひもの準備はいいか。
第1話
部長・上野直也という男

『学内一の快適空間【機械制御研究部】！　エアコン・冷蔵庫・AV設備一式・仮眠用ロフトその他完備！　君たちもクラブハウス一のこの快適空間を味わおう！』

＊

新入生の元山高彦《もとやまたかひこ》は、掲示板に貼《は》られた各種クラブの勧誘チラシの一枚を見て怪訝《けげん》な顔をした。

不動産屋のチラシか？　これは。

「おーい元山、どうしたよ」

声をかけてきたガタイのいい男子は、入学式のとき席が隣だった縁で親しくなった池谷悟《いけたにさとる》だ。

「いや、これがさ……」

元山は掲示板で異彩を放っている勧誘文句のチラシを指差した。

「あーここな」

池谷はその人懐《ひとなつ》こい性格で色んな情報を拾ってくるのが巧《うま》く、元山も履修《りしゅう》情報などで世話になっている。

その池谷が件《くだん》のチラシを見ながら苦笑した。

「かなりアクの強い部らしいぜー。何でも……」

と、池谷が話を続けようとしたところへ、元山と池谷の背後から二人の肩が同時に抱かれた。

「よっ！　うちのチラシに興味持ってくれたのかな？」

ぎょっとした二人が振り返ると、にこにこと人懐こい笑みを浮かべた上級生らしき男子が二人をがっしり摑《つか》まえていた。

「ガタイのいいカレ、情報通みたいだけど、どうせなら百聞は一見にしかずってことでさ。今からうちの部室に遊びに来ない？　アクが強いなんて個性のない部のひがみみたいなもんだしさ」

池谷の言いかけた台詞《せりふ》はしっかり聞かれていたらしい。二人はやや顔をひきつらせながら目を見交わした。

にこにこしながら押しが強い、どうやらかの【機械制御研究部】の部員らしいその上級生は二人を逃がす気はなさそうだ。

「なっ。取り敢《あ》えず話だけ！」

はあ、それじゃあ。

二人で何となく押され負けた形でその上級生に連行された。

やや年季の入ったクラブハウスは、校舎から少し離れた敷地に建てられていた。

「こっちこっち」

上級生はおっかなびっくりの元山と池谷をちょいちょいと手招きし、軽やかに階段を上がっていく。

一階上がって二階が当の【機械制御研究部】の部室らしい。

「おーい大神《おおがみ》、入部希望者」

ええっと二人揃《そろ》って声を上げた。まだ入部するとは言っていない。

「にゅ、入部するとはまだ……」

元山が及び腰になると室内で作業台に向かっていた背中がこちらを向いた。目つきが鋭いためか無駄に迫力がある男子だ（などと注釈をつけるまでもなく、この大学で女子など数えるほどしか在学していないが）。にこにこ上級生とは対照的である。

「コーヒーでも飲むか」

大神と呼ばれたその上級生が冷蔵庫の上に載っている電気ポットに歩み寄る（確か

にチラシ通り冷蔵庫完備だった。エアコンは季節柄まだ動かしていないようだが）。冷蔵庫の上がコーヒーやお茶を淹《い》れるスペースになっているようだ。

「砂糖とミルクは？」

機嫌が悪いわけではないのだろうが不機嫌に聞こえる声は、生来のものなのだろう。

「あ、じゃあ俺ミルクだけでお願いします」

ひとまず状況に開き直ったのか、池谷がカーペット敷きの床に座りながらそう注文を出した。元山も「じゃあ俺も」と便乗する。

にこにこ上級生が2ドアの冷蔵庫を開け、コーヒーフレッシュの袋を出した。

「うち、冷蔵庫完備だから通年生フレッシュでおもてなしができるんだよね〜。夏はアイスなんかもいけるよ」

大神が紙コップに淹れたコーヒーに、にこにこ上級生がフレッシュを混ぜる。

「はいどーぞ」

愛想よく手渡されて受け取ってしまったものの、これを飲んだらそれをカタに入部ということになるのでは——と元山はやや躊躇《ちゅうちょ》した。

だが、池谷はもう腹を括《くく》っているのか迷わず口をつけたので、自分も負けてなるかとほとんど意地でコーヒーをすすった。

「じゃ、自己紹介しとこうか」

自分たちもコーヒーを手に、上級生二人はカーペット敷きの床に座り込んだ。

「この大神宏明《ひろあき》が二回生で副部長」

えっ、と意表を衝《つ》かれる。その無駄な迫力からてっきり大神が部長と思っていた。

それに二回生で副部長というのは――

「で、俺が部長の上野《うえの》直也《なおや》。同じく二回」

こっちが部長か！　更に意表を衝かれた。これほど軽いキャラが、いかにも迫力のある大神を押さえて部長というのは一体。そして大神もそのポジションで文句はないのか。微妙な好奇心をかき立てられる。

「君たちは？」

会話は上野の独壇場で、大神は黙ってコーヒーを飲んでいるだけだ。

「元山高彦、電気工学科です」

「池谷悟、俺は応用電子科です」

それぞれ名乗り、そして池谷が遠慮なく尋ねる。

「普通、部長や副部長は三回生がなるものだと思ってたんですが」

「ああ、それはねー。三回生が完全に幽霊部員で実務が回らないから、四回生が役職引継ぎのとき俺と大神に役職振ったんだよね」

何でその振った役職が逆じゃなかったんですか、と訊《き》けるほどにはまだ打ち解けていない。

「池谷クンは少しウチの噂《うわさ》も聞いてるみたいだけどさ。活動自体はウチ真面目《まじめ》だし、工具やパソコンも全部揃ってるし、材料やジャンクのストックや調達経路も色々あるから機械いじりが好きなら楽しめると思うなー。課題で機械組む授業は少ないけど、やっぱり課題で引いた図面に従って実際作ると理解度が全然違うしね」

と、大神が上野に目配せしてロフトを指差した。すると上野がまた説明を続ける。

「本格的に授業が始まったら分かると思うけど、課題のペースきついこともいっぱいあるからさ。そういうとき、うちなら部室に泊まり込みで作業できるしね。ロフトに詰め込んだら平常時でも七、八人は寝られるから。よその部室や研究室は泊まれてもここまで快適な設備ないしねー」

「えっ、ロフトってクラブハウスの標準装備じゃないんですか？」

思わず声を上げた元山に、上野は笑って手を振った。

「違う違う。文化祭で模擬店出した売上で何代か前のOBが作ったんだよ」

「業者とか入れたんですか？」

「いや、その当時は裏部門で木造工事班がいて、その班長の指示で」

「きょ、強度は！」

「大丈夫。その班長は今、実家の工務店継いでるくらいだから」

「何で⁉　何で工務店継ぐのに電気工科大⁉」

「電気工事を自前でできるようにだってさ。もう立派な棟梁《とうりょう》になってるよー。ちなみにチラシに書いてあった設備は全部ウチ自前だから。他のクラブには揃ってないよ」

池谷が質問を挟んだ。

「部員数は何人くらいですか？」

「四回生は研究室が忙しくなってくるからあまり顔出せなくなってきたけど八人いたかな。三回生は不明。工具とか借りたいときだけ顔見せたりかな～。一人見かけたら三十人って言われてる」

ゴキブリかよそれは。元山は内心突っ込んだが、さすがに口には出せない。

「二回は俺と大神の二人だけ」

「えっ……らく少ないですね、また」

驚きかけた声を元山がどうにかこうにか台詞に繋《つな》げると、上野は気を悪くした様子もなくケラケラ笑った。

「言ったろ？　三回生が幽霊状態だから新入部員の獲得も真面目にやってなかったんだよ。四回が乗り出したときにはもう手遅れで、俺と大神が何とか摑まったってわけ。だから、今年の新入部員獲得はけっこう死活問題でさぁ」

どうかな、と上野が問いかけた。

「快適空間って売りにウソはないと思うんだけど、どう？」

さっと二人の前に入部届が差し出される。

元山は部室をぐるりと見渡した。確かに設備は整っている。

ちょっと考えてみます、と定番の逃げ口上でひとまず検討するかなと元山が思っていると、隣の池谷が渡されたサインペンで入部届に記入を始めていた。

「お、池谷クンは思い切りがいいねー。元山クンはどうする？」

上野に笑顔で迫られ、元山はその笑顔の圧力に負けた。

「ハンコは拇印《ぼいん》でいいからねー」

差し出された朱肉で拇印を押して、赤く汚れた親指をやはり差し出されたボックスティッシュで拭《ぬぐ》う。

「では、これで君たちは正式に我が【機械制御研究部】の部員となったわけだ。そこでこれからの作戦を発表する！」

上野が腕組みをして言い放った。

「名付けて新入部員獲得作戦！」

「そのまんま……なんですけど」

元山の突っ込みは笑顔で流された。そして上野が大神を振り向く。

「大神、目標人数は？」

「池谷と元山を含めて八人」

言葉少なく大神が答える。やはり控え方だけだとまるで大神が部長のようだ。

「明日から部員を集め始めるから。同級生にも声かけといてくれよー」

ひとまずその日は解散となり、クラブハウスを出た。

「なあ、池谷。あの部活のこと何か言いかけてたのに、どうして入部即決しちゃったんだ？」

池谷に引っ張られた部分も少なからずあるので、元山の口調は少し不満げになった。

池谷が答える。

「部に工具とかいろいろ揃ってるって言ってたろ？　ああいうの助かるんだ、俺。家ビンボーなうえに下宿だし」

「あー、それは確かに助かるよな……」

一般的に私立文系に比べて私立理系は学費が高い。元山も奨学金かバイトで学費の一部を家に入れることを両親と約束しての入学だ。

「アクが強いっていうのは……」

「俺も詳しくは聞いてないんだけど、とにかく【機研】は敵に回すと質《たち》が悪いって話でさ」

「質が悪いってどう……」

「そこまでは聞いてないなー、具体的なことは喋《しゃべ》りたがらない上級生が多くてさ」

「つーか、敵に回すってどういう状況だよ。フツーに部活やってて敵対関係とか発生しないだろ」

「今の四回までの【機研】って実績やら何やらでやたら目立ってたクラブらしいんだ。ほら、全国レベルのロボット選手権なんかで上位まで残ったり、その他の発表会でも展示物が入賞したり。でもやっぱりそのぶん活動は厳しかったみたいで、今の三回生が軒並み幽霊部員になっちゃったんだってさ。そんで、二回生の部員があの二人だけだろ？　で、去年、今がチャンスとばかりに潰《つぶ》しにかかって、返り討ちに遭った部があったらしいんだ」

「返り討ちって……そもそも返り討ちされるような何を仕掛けに行ったんだ……」

「さあ、そこまでは。とにかくそれまでの派手な活躍が目障《めざわ》りだったんだろ」

池谷は肩をすくめた。

「でも、当時の三回生が出るまでもなく、あの二人で撃退したらしくて。そんときについた渾名《あだな》が『成南のユナ・ボマー上野直也』と『名字を一文字隠した大神宏明』」

「ユナ・ボマー⁉」

元山は目を剝《む》いた。世界一有名な爆弾魔の名前が渾名になる部長って一体ナニモノだ⁉　一体ナニやらかしてその渾名⁉

「そんで一文字隠したってのは……」

「大と神の間に『魔』が隠れてるって」

「ユナ・ボマーと大魔神のコンビかよ……」

元山は思わず顔をしかめた。大魔神は大魔神で一体どう大魔神なのか。

「同級生勧誘するときは伏せといたほうがいいな、その話」

「ああ。まだ同級生で知ってる奴《やつ》は少ないと思うぜ、クラブはこれから考えるって奴がほとんどだし、クラブ説明会もまだだしな」

二人が学校の正門へと歩いていると、背後から軽快な4スト単気筒のエンジン音が迫ってきた。

思わず振り向くと、二人の真横でライムグリーンのオフロードバイクが前輪を高く持ち上げた。

「よっ、明日も来いよ！」

シールド付きのオフロード用ヘルメットを被《かぶ》り、口元はノーズカバーで隠れているが、シールドから覗《のぞ》く目だけで笑っているのが分かる。

ユナ・ボマー上野だ。

ほとんど垂直に立っているのではないかというほど高いウィリーの前輪を、思いのほか静かに路面に落とし、上野は片手を振って学内の道路を走り去った。

スクーターの類《たぐい》なら学内をあちこち走っているが、どうやら二五〇ccらしいライムグリーンのオフロード車はことさらに目立つ。

走り去る後ろ姿を見ていると、オフロード車の機動性をいいことに縁石や植込みをバンバン飛び越えていくから余計にだ。

バイクに詳しくない元山には、カラーリングがライムグリーンなのでカワサキか、くらいのことしか分からない。ライムグリーンがカワサキカラーであることくらいは知っている。

だが、そんな程度の元山にも、上野のライディングテクニックが確かなことだけは分かった。

挙動は派手だし、飛んだり跳ねたり気軽にマシンを暴れさせていたが、同時に安全確認と先読みは確実で、出会い頭に通行人などを引っかけそうな場所では決して無茶をしなかったのである。

「ありゃあ街乗りオフロードじゃねえなぁ、林道ガンガン走ってるクチだ」

池谷が感心したように呟《つぶや》いた。

「お前も乗ってんの」

「親戚《しんせき》にあれが趣味のおじさんがいて、実家でたまに乗らせてもらってた。レンタル代は間伐《かんばつ》作業だったけどな」

「免許持ってんの」

「俺の実家、山ん中でさ。バイクじゃないと高校通学きつかったんだわ。そんで免許取れる年になってすぐ原付の免許取るつもりだったんだけど、そのおじさんがどうせなら中免取っとけって差額の金出してくれてさ。どうも手頃な遊び相手がほしかったらしい」

生まれも育ちも下町、大学にも自転車で通える元山にはあまり想像がつかない環境である。

「一回そういう田舎って行ってみたいなー。俺、一族全部この辺に集まってっから、そういう田舎らしい田舎ってないんだよな」

「気軽に言ってっけどお前、すげえぞーウチの辺りなんか」

池谷が苦笑した。

「コンビニまでスクーターで二十分とかだからな。バイトなんか農作業か山仕事しかねえし」

「へえー」

「地べたが余ってるだけが取り柄って感じだな。ああ、でも、ユナ・ボマー上野なら大喜びしそうな林道は山ほどあるけど」

「でもキャンプ場とかやったら流行《はや》りそうだよな」

「あ、キャンプ場ならいくつかあるぜ。数少ない村おこしの手段として」

「上野さんに言ったらキャンプ旅行とか企画しそうだよな」

「ああ」

話した時間はわずかだが、二人とも上野の異様な積極性と好奇心は既に充分察していた。

あまり裕福でない同級生を狙《ねら》って声をかけていき、元山と池谷は日々順調に見学者を部室へと案内していた。

案内した後は上野の話術の出番である。大神はコーヒーを淹《い》れ「ようこそ」などと少し親しみを感じさせる挨拶《あいさつ》をして、上野の好きに喋らせている。眠ったように目を閉じているのは目つきの鋭さが新入生を怯《おび》えさせるので閉じていろという上野の指示らしい。

上野もやはり毎日のように新入生を狩ってきており、部活の説明はクラブハウスで毎日のように行われていた。

やはり、工具類が部に揃《そろ》っていることと、課題のペースがきついときの泊まり込み設備があるということが売りとしては大きいらしい。エアコンなどの設備も部で工事資格を取ったOBが指揮して取り付け、実践の技術を持っていることも工学部を志望した学生としては心惹《ここひ》かれるものがあるようだ（工事免許など法的な問題はともかくとして、技術は継承されているという）。

＊

話を聞きに来た新入生はほとんどが取り敢《あ》えずという感じで仮入部の届けを出して帰っていく。即決で入部届を出していくのはやはり池谷や元山と同じく、家庭の事情や何かで金銭的なハンデが大きい者が多かった。

だが、噂《うわさ》が噂を呼び、いかにも興味本位な学生が話を聞きに来ることも増えた。

「もうそろそろ天井じゃないか？」

部室に二回生の二人、そして最初に正式入部した元山と池谷しかいないとき、大神がぼそっとそう言った。

「入部届が池谷と元山を含めて十二人、仮入部は三十人越えてる。合計四十人以上。三回生が幽霊状態、二回が二人じゃ、いざというとき四回生のヘルプを頼むとしてもさすがに統制が取れない」

上野の指示は仮入部でいいからとにかく集めろということだったが、さすがに元山も池谷もそろそろ集めすぎじゃないかと心配になっていたところである。イマドキの高校の一クラスより多い人数は、大神の言うとおり【機械制御研究部】の上級生編成からいくとそろそろ統制の限界だ。そうでなくとも【機研】のおいしいとこ取りだけしたいというちゃっかり入部希望者もかなりの割合で混じっているだろう。

「多少ふざけるのは楽しみのうちだが、不真面目《ふまじめ》な部員ばかり増えても困る」

「それに新入部員が四十人じゃ『快適空間』の看板に偽りありですよねー」

元山も口を添えると、上野は意に介した様子もなくへらへら笑った。

「大丈夫大丈夫。今まで集まった入部希望者が全員真面目にウチを希望してるなんて思ってないよ。ふるい落としもちゃんと考えてあるから、今はまだまだ人を集めても大丈夫。どうせ最終的には十人前後しか残らないよ」

「考えてるんならいい」

大神はそれだけ答えて作業台に向き直った。部室に行くたび作業台で図面を引いている大神は新学期早々苛《か》酷《こく》な課題が出て苦労しているらしい。

しかし現時点で四十人超、まだまだ人を集めてもいい。しかもそれを十人前後まで減らす——と明言している上野は一体どんな秘策を用意しているのか。

大神はその点については信用しているのか訊《き》かずに済ませたので、元山と池谷は顔を見合わせるばかりだった。

「大神さん、コーヒー飲みますか」

下級生なんだからこうしたところに気を回せと要求されるようなことはなかったが、自宅で母親が喫茶店をやっている元山としては、目上の人間の作業中に飲み物の一つも出さないのは逆に気分が落ち着かない。

「いや、今は喉《のど》が渇いてないから要らない」

大神は大神で自分の状態を率直に答えるので、ただの茶坊主《ちゃぼうず》扱いはされずに済んでいるが。

「あ、じゃあ俺ほしい、淹れて淹れてー」

こちらはこちらで無邪気な要求に元山は苦笑しながら腰を上げた。

「池谷も要る？」

訊くと池谷も辞退しながら、感心したように唸《うな》った。

「元山はそういうところ気が利《き》くよな。俺なら頼まれないと気がつかない」

「いや、俺、実家が喫茶店だから……昔からよく手伝わされてたし」

自分も喉は渇いていなかったので、答えながら上野の一つ分だけコーヒーを淹れる。

「へえ、それチェーン店とかじゃなくて？」

「あ、一応個人です」

「すげーじゃん！」

上野が目をまん丸にした。

「イマドキ個人経営の喫茶店で経営が成り立ってるなんて」

誤解が発生しているようなので、元山は慌《あわ》てて事実をもう少し詳しく開示した。

「いや、父親はフツーの会社員ですよ。母親が十年くらい前に自宅の一部を改装して始めたんですけど、ほとんど趣味みたいなもんで。ただ、うち住宅街の中でこれって店も近くにないし、近所の奥さんたちの溜《た》まり場にちょうどいいみたいなんですよ。そんで採算取れる程度には……って感じです。個人で手芸教えてる人がお茶会がてら借り切りにしてくれることもあるし。ほら、自分ちでやると掃除とかお茶の準備とかめんどくさいじゃないですか。その点うちを教室にすると掃除の必要もないし、お茶は頼めば勝手に出てくるし、後片付けも貸し切り料金の中に入ってるし……」

「あーなるほど、主婦の集会場に狙いを絞った点が巧《うま》いんだな」

上野がうんうんと頷《うなず》く。

「どうぞ」

元山が差し出した紙コップを受け取った上野が一口すすって中身を見た。

「あ、違ってました？」

ミルクなしで砂糖が半分、それが上野の好みのはずだった。

「……いや、合ってる」

頷いて上野がまた紙コップに口をつける。

「ちなみにふるい落としはどういう手段で」

池谷が尋ねると、上野はコーヒーをすすりながらニッと笑った。

「そういう話は学外で。お前ら、明日の放課後ヒマ？」

二人は揃って頷いた。授業もまだ本格的に始まっていないこの時期、放課後の予定は【機研】の部室に寄るくらいだ。

「じゃあ家《うち》に遊びに来いよ。そこで作戦会議だ」

＊

元山と池谷が帰ってから、上野は大神の背中に声をかけた。

「大神、あの二人どう思う？」

「いいんじゃないか」

大神は振り返りもせず答えた。

「二人とも真面目だしシャレもきちんと分かりそうだ。うちのシャレにどこまでついてこられるかは未知数だけど、それは明日お前が計るんだろ」

「お、さすがに読んでるねー大神ちゃんは」

上野は頭の後ろに手を組んで壁にもたれた。

「池谷は人当たりのいい情報通、元山は常識的な突っ込み役。いざというときに腹が据わってるのは池谷だろうけど、元山の濃《こま》やかさはいいフォローになりそうだ。……お前、元山にコーヒー淹れてもらってどう？」

「二回目から好み言う必要はなくなった」

ということは、ブラック党の大神には最初の一回以降ずっとブラックでコーヒーが出ているということだ。

「客あしらいも巧そうだし覚えもいい。学祭では戦力になりそうだな」

大神はそう言ってまた無言に戻った。

入部届を出していった新入生の中にも既にこれはという有望株が何人かいる。

「けどまあ、核になるのはあの二人だろうなぁ」

上野は呟いて残った自分好みのコーヒーをすった。

＊

「大神さんは来ないんですか？」

翌日の放課後、正門前で集合してから元山が尋ねると、上野は笑いながら答えた。

「この時期に完全に部室閉め切って全員出かけちゃう訳にはいかないだろ、説明聞きに来る奴《やつ》もいるかもしれないし」

「……説明聞きに来て大神さんに当たったら逃げる確率高そうなんですけど」

「大神の迫力にびびって逃げるようなヘナチョコそもそも要らねーし。むしろ、今日来て入部届置いて帰る奴がいたら強者《つわもの》かもしれないぜ」

言いつつ上野は最寄駅へと歩き出した。今日は元山と池谷を自宅へ連れていく約束をしていたためか、トレードマークのオフロードバイクには乗ってきていないらしい。

上野が降りたのは、乗り換えを一回入れて十五分程度の駅だった。いつもオフ車を乗り回している理由にも納得がいく。この距離なら雨でもない限りバイクを出すほうが確かに早い。

「駅からちょっと歩くんだよなぁ、十五分くらい。それが面倒くさくてつい街乗りで使っちゃうんだ、バイク」

「十五分で遠いとか言ってたら池谷に怒られますよ。なっ、池谷」

先日聞いたコンビニまでスクーターで二十分という話を思い出して池谷に話を振ると、池谷は意外にも「そうでもない」と首を振った。

「俺んとこくらい田舎になっちゃうと、もう一家に一台じゃなくて家族が一人ずつ車持ってないとどうにもなんないから。で、車があるとそれこそ十分の距離でもつい車出しちゃうんだよな」

「へー、意外。田舎の人ってよく歩くもんだと思ってたよ」

上野が素直に驚きの声を上げる。

そんな無邪気な顔を見ていると、とても渾名《あだな》がユナ・ボマーになるような危険人物とは思えない。

そして、二人は未《いま》だに上野の秘められた過去を突き止められていなかった。

「上野さんが好きそうな林道もたくさんありますよ、うちのほう」

「え、何で俺が林道好きって知ってんの」

素でびっくりした顔はガタイのいい池谷よりも年下に見えるくらいだ。

「乗り方見てたら分かりますよ。街乗りオフローダーがあんなにマシン振り回さないでしょ」

「お、池谷もけっこうやるクチ？」

池谷は先日も元山に披露した話を繰り返した。

「へー。そのうちクラブの旅行で池谷の地元とか行きたいな」

予想通りの発言に、池谷と元山は顔を見合わせて笑った。

「ここ」

上野が足を止めた家は、立派ななまこ壁が目を引く邸宅だった。外玄関と内玄関があるような日本家屋だ。

「えっ……えっ⁉　ここ⁉　ここですか⁉」

動転した元山が表札を見直すと、確かに上野とある。池谷も意表を衝《つ》かれたらしく、呆気《あっけ》に取られたように表札を見上げている。

「上野さんて実はすごいお坊ちゃま……⁉」

「大したことないない。それに俺、自宅から出禁食らってるし――」

自宅出禁⁉　思わず元山と池谷は顔を見合わせた。

自宅出禁てどういうことだ⁉

外玄関を開けた上野は内玄関に続いているであろう敷石を踏んで歩きながら、途中で横道へと逸《そ》れた。立派な家屋をぐるりと回って裏庭らしき方向へ向かう。

そして裏庭にあったのは――この邸宅の風合いとはあまりにもそぐわないプレハブ製の掘っ立て小屋だった。

そのドアに墨痕《ぼっこん》鮮やかな看板が掛かっている。おそらく両親いずれかの字を彫って塗りにしたものだろう。

『直也の部屋　※食事・トイレ・就寝以外で母屋《おもや》に入るときは許可制のこと』

何だこの狷介《けんかい》な看板は⁉

後輩二人はますます顔を見合わせた。どちらが訊くかアイコンタクトし、元山が口を開く。

「あの──……上野さん、何か家庭の事情とか……」

「え？　例えばどんな？」

「その──、ご両親のどちらかと血が繋《つな》がってないとか……」

訊いた瞬間吹き出された。

「ないない、お前らが心配してるような方向への事情は一切ない」

言いつつ上野はプレハブのドアを開けた。

室内は意外と整然としていた。元山は自宅が店をやっている関係でつい目がいってしまうのだが、掃除もそこそこに行き届いているようだ。

「まあ上がって楽にしてくれよ」

言いつつ上野は入り口に取り付けてあるインターホンを上げて話しはじめた。

「もしもし母さん？　直也だけど。後輩二人来てるんだけど何か飲み物とかない？」

そのやり取りの間に、元山と池谷はそのプレハブを素早く観察した。

床に敷き込まれた絨毯《じゅうたん》に焼け焦《こ》げがいくつも。煙草《たばこ》か。しかし部屋に煙草の臭《にお》いはしみついていない。

おい、と池谷に目配せされ元山は勉強机の上を見た。絨毯と同様の焦げ跡が一面に——しかし、机の上にまで？

「そこじゃない。整理棚だ」

池谷の示唆《しさ》で元山は机の上に置かれたいかにも安いプラスチック製の収納ケースに視線を移した。引出しのすべてに名前シールが貼《は》られており、ひらがなカタカナのみで分類が書かれている。

『つりぐ』『ねじ』『ナット』以下略、そして見つけたある一つに元山は目を疑った。

『かやく』。

かやく——かやくって、火薬としか変換が思いつかないんですけど⁉

しかもひらがな⁉

ユナ・ボマー上野、火薬を漢字で書けない頃からユナ・ボマー⁉

口をぱくぱくさせながら池谷を見ると、池谷も沈痛な表情で頷いた。

「そうだとすればこの部屋の焦げ跡もプレハブの隔離も納得がいく」

と、母屋との会話が済んだらしい上野が声をかけてきた。

「どうした？　まあ座れよ、落ち着かないだろ」

言いつつ上野が床へ座ったので、何となく二人も腰を下ろす。

そのときプレハブのドアがノックされた。上野が立ってドアを開けに行く。

ドアが開くと品の良さそうなおばさんが客二人に会釈《えしやく》した。話していた母親だろう。

「まあまあ、いらっしゃい。ごめんなさいねえ、こんなところで」

言いつつ上野にペットボトルとタンブラー、菓子類の載ったトレイを渡す。

「ごめんなさいねえとか言うんなら客が来たときくらい母屋に上げさせろよなー」

上野のブーイングを母親は「お黙んなさい！」の一喝でやっつけた。

「高校生になったし落ち着いただろうと思って規制緩和してあげたその日のうちに、客間のクリスタルガラスの灰皿を火薬の燃焼実験だか何だかで真っ二つにしたのは誰だと思ってんの！」

ああやっぱり。

そろそろ内幕は見えていたので後輩二人は驚かなかった。

「この子は昔から本当にイタズラのレベルが笑い事で済まなくて……小学校三年生で

自分の部屋の天井にロケット花火を何十発も打ったとき、夫が激怒してこのプレハブを建てて……」

「それはお金もかかったことでしょうねえ」

客あしらいに慣れている元山が何となく相槌《あいづち》を打つと、母親の返事は深かった。

「でも母屋を壊されることに比べましたらねえ」

上野の両親は母屋を壊されるまでの危惧《きぐ》を持っていた、ということである。小学校三年生の我が子に対して！

「まさか、母屋まで壊せるわけないだろ。せいぜい子供部屋の天井をぶち抜くくらいだよ」

いや、やる。小学生とはいえあんたならやる、絶対やる。

後輩二人は目で母親側にジャッジを上げた。そもそも子供部屋の天井をぶち抜くということ自体があり得ない暴挙である。

「火事だけは出すんじゃないわよ」

母親は上野に恐《こわ》い顔で言い残した。上野は笑顔で手を振る。

「大丈夫、買い置きの簡易消火器まだ半ダース残ってるから」

返事の方向性が違う！　後輩は二人同時にココロの中で突っ込んだ。

そしてそもそも消火器とはダース単位で買い置きするものではない！

「いやーもう、親っていくつになってもうるさいもんだな」

「いや、上野さんの場合は当然かと思いますが!」

とうとう後輩ブレーキが外れて元山は突っ込みを入れた。

「消火器が半ダースある部屋ってどんなですか！」

「安全対策は大事だろ？」

「安全対策がどうこう以前に……」と元山はドアの近くに置いてあったスプレー式の簡易消火器を段ボールの中から一本取った。

「うわーっめちゃくちゃ有効期限残ってるー！　いつ買ってどんなペースで使ってるんですか、これ！」

「一ヶ月一本ペース。そんな多くないだろ？」

「それを多くないって放火魔ですかあんたは！」

「爆発炎上は男のロマンだぞー」

その一言から上野は一気に反撃に転じた。

「戦隊ものから始まって男子向けロボットアニメ、ハリウッド映画に至るまで爆発に燃えない男など男と呼べるか！　元山、お前は一瞬たりとも爆発炎上銃撃砲撃ビームサーベルに燃えたことがないと言えるのか!? どうだ！」

うっと元山が言葉に詰まった隙《すき》に上野は勝手に勝利宣言をした。

「俺は子供のころから自分の欲求に素直に従う探求心旺盛《おうせい》な男だっただけだ！ 俺は火薬が好きだということを隠しもごまかしもしたことはないっ！」

隠しもごまかしもしなかった結果が『成南のユナ・ボマー』だったわけか、と元山はがっくり肩を落とした。

「火薬はどうやって手に入れてたんですか？」

妙に冷静に尋ねたのは池谷である。

「そりゃもう地道に花火ほぐして集めたよ。火薬くださいなんて言って売ってくれるところないからね。玩具《おもちゃ》問屋まで行くと安く買えるからまとめ買いしてさ。今はまあ、合成できないこともないんだけど、やっぱ犯罪だからねー。それに爆竹やかんしゃく玉なんかでも工夫次第でけっこう遊べるものが作れるしな」

当然その『遊べるもの』の中には武器まがいのものも入っているのだろう。

「ギリッギリのところで悪ふざけと犯罪の隙間を綱渡りしてるんですね……」

もはや取り繕いもせず呆《あき》れ顔になった元山に、上野はにんまり笑った。

「なかなかのバランス感覚だろ？ 小学生の頃からだからもう筋金入り」

元をたどれば、戦隊ごっこで怪獣が倒れたときの爆発を再現したかったのが始まりだったという。

「だから怪獣役は譲らなかったねー。まあ、やりたがる奴《やつ》もそんないなかったし」

それはもちろん、怪獣とヒーローを選ばせたらヒーロー役をやりたがる子供が圧倒的だろう。

「最初は倒れるときにロケット花火を打ったりしてたんだけど、どうも『爆発！』って感じにならないんだよな。そんで火薬ほぐして火ィつけたり色々してみたんだけどいまいちで」

「何で巧《うま》くいかなかったんですか？」

「ちなみにそのとき巧くいく方法を思いついてたら俺はこの世にいないけどな」

言いつつ上野は腰を上げて『かやく』の引出しがある収納ケースに歩み寄った。

そして机の上に置いてあった鉄板を手に取り、『かやく』の引出しを開けて中身をすくう。使った匙《さじ》が明らかにハーゲンダッツのスプーンで、元山はハーゲンダッツのスプーンで火薬をすくうというありえない光景に軽い目眩《めまい》を感じた。

「ま、こんなもんかなー」

鉄板の上に軽く火薬を盛って、上野はそれを車座《くるまざ》になった中央に置いた。

「よく見てろよー」

言いつつ上野が机から一緒に持ってきたライターで火薬の山に火を点《つ》けた。

「うわっ！」

思わず腰を浮かせて逃げようとした元山に対し、池谷はどっしり胡座《あぐら》をかいたまま動かなかった。

そして火薬は火を点けた場所から全体に火が回って、──そのまま燃え尽きた。

「な？」

上野の声で、元山は腰が抜けたように元の場所に座り直した。

「ほぐしても花火と一緒なんだよ、原理としては。火を点けたところから順に燃えていって、火薬が尽きたら燃え尽きる。爆発させるためには容器に火薬詰め込んで圧力かけて、火薬の中心部に点火しないといけないんだよな。ほら、バラエティ番組とかで爆発物まで火薬で線を引いて派手に爆発させる演出あるだろ？　あれとおんなじ。線を引いてあるだけの火薬じゃ爆発しなくて火が走るだけ、爆発物に届いてから爆発するだろ？」

ああそうか、と元山は俯《うつむ》くように頷《うなず》いた。冷静に考えれば納得できるのに動揺した自分が少し情けない。

「導火線ってそのためにあるんだよな、圧力かけた火薬の中心に火を点けるために。それに気がついた頃にはもうみんなゲームとかに遊びが移行してて……」

命拾いしたわ俺、と上野がケラケラ笑った。

「初めて爆弾作ったのが小学校四年生の頃だったんだよな。あれ背中にしょって爆発とか演出してたら俺死んでる」

「い、一体どれほどのものを……お作りあそばしちゃったんですか」

「そのようなご質問にお答えするために当時と同じものを再現してみましたー」

上野が手品のように背中から何か丸いものを出した。

「……ってこれガチャポンの容器じゃないですか！」

「導火線はニクロム線……ですか？　にしてはちょっと太い？」

池谷が首を傾《かし》げる。導火線はある程度の長さがあるのか、容器に巻き付けてあった。

上野が上機嫌で池谷に答える。

「惜しい、径《けい》の細いビニールパイプにちょっと細工した。当時はまだニクロム線使うほどの知識もなかったからなー」

そんで、と上野は当時を再現したという爆弾を顔の横で振った。

「見たいだろ？　この程度の爆弾がどれくらいの威力か」

小学校四年生が作った爆弾。

見たくない、と言うには好奇心がかき立てられすぎていた。

＊

晩飯はコンビニで済ませ、草木も眠る――に近い時間に三人は上野家を出た。

「おい元山、あんまりおどおどすんな」

上野は軽い足取りで歩いていきながら元山をたしなめた。

「そういうきょときょとした態度は一番目立つんだ、夜中に友達同士でコンビニ行く感じで歩け」

ていうかこれ、職質慣れしてる人間の言い分だよな。内心そう思いつつ元山は会話を繋《つな》げた。

「コンビニでバイトならしてますけどねー。改まってコンビニに行く感じって難しいですよ」

「やっぱり接客関係なんだな。家が店やってるから？」

池谷も話に乗ってくれる。

しばらく歩くとそこそこの規模の児童公園が見えてきた。

「昔からここが遊び場兼実験場でさ」

言いつつ上野はその児童公園に入った。迷いのない足取りで目指すのは、――砂場である。

「よし、靴の紐《ひも》はほどけてないな？」

謎《なぞ》の確認に後輩二名は一応自分のスニーカーを確認した。

「じゃあここからは迅速にいくぞ。掘れ。底に着くまで掘りまくれ」

命じながら上野はすでに砂場の中央で大きく砂を掻《か》いている。

小さい頃にこういう遊びやったなぁ、と元山は感慨にふけった。

砂場を深く深く掘っていけば、地球の裏側にたどり着くと思っていた。本気でそう信じて友達と日が暮れるまで砂場を掘った。夕焼けが薄れ、カラスが鳴きはじめた頃にレンガ敷きの砂場の底にたどり着き、そのとき心躍る夢が一つ消えた。ここでないどこかへ行けるトンネルを掘れるかもしれないという夢が。一緒に掘っていた友達は誰も言葉を発さず、黙って穴を埋め戻した。

あの日のほろ苦さはまだ覚えている。

「昔、こんなふうに砂場を掘り返したことがありますよ……トンネル掘ってブラジル行こうぜ！　なんて」

と、元山のちょっといい話は険しい上野の声に一蹴《いっしゅう》された。

「いいから手ぇ動かせ！　この砂場は死角だけどたまに警邏《けいら》が入ってくるんだぞ！」

「ってちょっとマジで犯罪モード入ってませんか上野さん⁉」

元山が子供の頃は下校してから夜が迫るまでかかった。だが、この年になって三人がかりで再挑戦すると、掘り終えるのはあっという間だった。

やはりレンガに突き当たった底に上野がクッションのようにある程度砂を敷き詰め、その上にガチャポンの容器（ただし火薬ぎゅう詰め）をそっと置いた。

そして容器に巻き付けてあった導火線をほどきながら二人に指示する。

「穴埋めろ！　手早くな！」

二人で慌《あわ》てて穴を埋めると、ちょうどいい案配で砂の中から導火線が顔を出す状態になった。

そして上野が何ら躊躇《ちゅうちょ》した様子もなく導火線に火を点ける。

「離れろ！」

上野がいくつかある公園の入り口の一つへ走った。

「よく見てろよー」

上野の命令で夜の砂場に向けて目を凝らすが、しばらく砂場は何の変化もないままだった。

「……不発、とか？」

池谷が砂場を睨《にら》みながら呟《つぶや》いた瞬間、

ドォン！　と地面が——否《いな》。地盤が揺れた。局地的にではあるが、震度計が確実に振れる規模だ。

そして後輩二人は信じられないものを見た。

大量の砂が、砂場の四角いプールの形そのままに宙へ半ば浮き上がったのである。

そしてその形を保ったままで再びプールへズシンと収まった。

「逃げるぞ走れ！」

靴紐の指示はこれか！

先頭を切って走りはじめた上野に、元山も池谷も泡を食って続いた。

上野は近辺の逃げ道・抜け道にも詳しいらしく、警邏に行き会うこともなく自宅に帰り着いた。

プレハブの城で、火薬の王はイタズラが決まった子供のようににんまり笑った。

「つーか……どうして上野さんが未《いま》だに犯罪者になってないのか逆に不思議になってきましたが」

「なかなか見応《みごた》えあったろ」

「そんなわけないじゃん、警察や公安にマークされてろくに遊べもしないような身分になるのはごめんだよ」

うーん、合理的っちゃ合理的なんだけど……元山は頭を抱えた。

それって逆に犯罪者になったほうが『面白い』って合理的な判断が下ったら犯罪者に転んじゃいそうな……

要するに火薬好きなマッド・サイエンティストというところだろうか。

「でもまあ、確かに命拾いしましたね。子供の頃の上野さん」

池谷の冷静な感想に、「だろー？」と上野は笑った。

「花火ほぐした程度の火薬、しかもガチャポンの容器くらいの分量で、あんな規模の爆発になるとは夢にも思わなかったからさ。何しろそれまでサーッと燃え尽きちゃうところしか見てないし、威力を舐《な》めてたんだよな。あれがうっかりごっこ遊びの時代に完成してて、自分の背中に仕込んで爆発演出なんかやってたら、胸までぶち抜けた死体になってたな、俺」

砂場の形そのままで宙に浮いた大量の砂の光景は忘れられない。地を揺るがす振動も。あれを自分の体に仕込むなど自爆テロも同然である。

「いやー、当時は焦《あせ》った焦った。まさかあれほどの威力になるとは思わなかったから慌てて家に逃げ帰ったね。翌朝も近所で『ゆうべ地震がありませんでした？』なんて話題になってるしさ」

しかし真相は結局藪《やぶ》の中で終わったらしい。それはそうだろう、まさか夜中の謎の振動の原因が小学四年生の作った爆弾だなんて誰が思いつくものか。

「そんで、そこから俄然《がぜん》火薬に興味が出てきてさぁ。どれくらいの量でどれくらいの規模の爆発が起こるかとか時間かけて実験したっけなぁ。で、安全に爆発させるにはやっぱり遠隔式の発火装置が必要だとか色々分かってきて」

「お……お作りあそばしちゃったりとか……？」

恐る恐る尋ねた元山に、上野はにやりと笑った。

「素人《しろうと》レベルの工作なら無線の遠隔操作で電気発火式が安全確実」

「それ素人レベルの工作じゃありませんー！」

「えー、だって今回みたいに近くで火ィ点けて走って逃げるなんて危ないじゃん？もし導火線の火が途中で消えて不発に終わったら回収しなきゃいけないんだぜ。回収しやすいように導火線は引っこ抜けやすい作りにしたけどな」

小学四年生でそこまで考えるとはやはり犯罪者の素質ありありである。マッドとはいえ一応はギリギリ道を踏み外さずに育ったのは奇跡に近い。

「夏休みの自由研究にはとても使えませんね」

池谷がのんびりとそんな感想を述べ、そして尋ねた。

「で、あれを俺たちに見せた理由って何なんですか」

「ま、一つには適性検査？」

上野は冷蔵庫を開けて、買い置きしてあったらしい缶チューハイを二人にそれぞれ放った。飲酒は二十歳になってから。——などという注意書きは見えないものとする。

「あれ見てびびるような弱気な子なら入部は見合わせたほうがいいからな」

親切そうに見せかけて上野は煽《あお》るのが巧《うま》い。あの光景を見た直後に顔つき合わせて弱気な坊や呼ばわりされて「そんじゃやめときます」なんて——一体どこの男の子が言えるというのか。

しかも同時に入部した奴《やつ》と差し向かいになった構図で。

元山は池谷と顔を見合わせた。池谷は降りる気のない顔だ。自分も池谷からはそう見えているだろうか。

「もう一つにはアレの発展型をふるい落としに使うから下見させとこうと思ってな」

だが突っ込み役はどうやら元山だ。池谷は黙って聞いている。知らない相手に愛想よく近づくのは巧いが、そのぶん仲間（多分、仲間になったのだろう自分たちは）の前では遠慮なく長考に入ることも多々あるようである。

「使うってどこでですか！　まさか爆破実験とか吹いたビラ撒《ま》いたり……」

元山が噛《か》みつくと上野はげらげら笑った。

「いくら俺でもそんな真似《まね》するわけないだろ、そもそも大学から許可が下りねーよ」

「まさか無断で強行とか⁉」

「お前の先手先手を打とうとする常識的な視点は貴重だな。だけどこういう悪ふざけってのはな、相手を油断させた鼻先でかますのが一番面白いんだよ」

そして上野は走って喉《のど》が渇いていたのか、残りの缶チューハイを一気に飲み干した。

「X―Dayは一週間後のクラブ説明会だ。お前らが正式に入部するなら、一足先に正部員として説明会に向けてやってもらう仕事は山ほどあるぞ」

＊

そして一週間はあっという間に過ぎた。

午後一番から大講堂で始まったクラブ説明会は、体育会系と文化系の割合が２：８というところだ。

そして【機研】のクラブ説明は二時間枠の大トリである。隠然たる圧力と駆け引きでその順番を上野と大神がもぎ取ってきたらしい。

講堂の演台の上では、各クラブが活動内容を説明したり、過去に作った機械作品を展示したりしている。

各部趣向を凝らした勧誘で、ターゲットの新入生もそれなりに盛り上がっている。

だが、二時間ともなると最後の辺りはだれてきた。

「やっぱ最初でかましといたほうがよかったんじゃないですか」

舞台袖《そで》で池谷が珍しく上野に弱気な意見を述べた。だが、上野は「大丈夫大丈夫」と一向に気にしない。大神も同意見のようで口を添えた。

「うちはふるい落としが目的だからな。ただでさえ演目が派手なのに、最初の順番を取ったら完全によそのクラブの説明を食っちまうだろう。余計なところで要らん恨みは買いたくない」

「ならいいんですが……」

元山の心配は池谷とは完全に別のところにあった。

一体何人残るんだろ、そして後始末は誰がつけるんだろ。

『次のクラブ説明は【機械制御研究部】です』

そのアナウンスで、上野はまるでちょっと誰かに呼ばれたかのような気軽さで数百人の注目が集まる壇上へ出ていった。「行ってくる」の一言もなしである。

手ぶらで出てきた上野を見て新入生たちは拍子抜けした様子である。だが、上野は構わず演台に立った。

「新一年生の皆さん、成南電気工科大学へようこそ！　ところでみんな、――機械は好きかあッ⁉」

のっけからのハイテンションに、だれ気味だった新入生たちが釣られたように盛り上がった。

「工作は好きか、電気配線は好きか、遠隔操作に燃えるかあッ⁉」

おおおおおっ、と訳の分からない歓声が沸く。一体何で歓声を上げているのか本人たちにもよく分かってはいないだろう。ただ上野のキャラの濃さに引っ張られているだけである――ということは既に正式部員になっている元山と池谷には分かる。

「そしてみんな、爆発は好きか――――！」

歓声が最高潮に盛り上がった。

「よーし、それでは我々【機械制御研究部】、略称【機研】がみんなの入学を祝ってこれらすべてを混合したイベントをお送りします！　みんな席を立って外に出ろ！　グラウンドが見える位置は早い者勝ちだー！」

全体を高いフェンスで囲まれたグラウンドは、【機研】がクラブ説明時のイベント開催のためと称して使用許可を学校側から取っている。

そしてそのフェンスには、一番遠い向かい側にも窺《うかが》えるほど何重にもキープアウトテープが貼《は》り巡らされ、要所要所に警備の腕章をつけた上級生が立っている。腕章と言ってもその辺のホームセンターで適当なものを買い漁《あさ》ってきたものだ。

腕章を着けているのは【機研】四回生である。人手が足りないということで上野と大神が動員を申し入れたのだ。

新入生たちは雪崩《なだれ》を打ったように講堂を飛び出した。

彼らが見たものはグラウンドの中心に組まれたキャンプファイヤー用の櫓《やぐら》である。

上野がマイクをハンドマイクに替えて外に出てきた。

「さてここにあのキャンプファイヤーの無線点火装置がある！　機械・工作・電気・遠隔操作・爆発炎上とさっきお約束した全《すべ》てがワンセットだお立ち会い！」

言いつつ上野は懐《ふところ》からいかにも手作りの無線装置を出して見得《みえ》を切った。

「ボタンを押した十秒後にキャンプファイヤーが点火する！　俺がスイッチ入れたらカウントダウンコールよろしく！」

拍手で迎えられ、上野が続けた。

「それでは点火装置、作動！」

新入生たちが声を揃《そろ》えて十からカウントダウンしていった。

その盛り上がったコールが十秒後にどうなるか――

知っているのは【機研】だけだった。

＊

火柱は校舎の三階にまで達した。

凄《すさ》まじい爆発音は耳をつんざいて却《かえ》って無音に聴こえ、その代わりに地震のような震動が周囲を襲った。

そして櫓の末路である。基部に上野作製の『遠隔操作式爆発実験装置』を仕込み、元山と池谷が組み上げたものだったが、完全に吹き飛んで原形をとどめず、あちこちで飛び散った破片が燃え上がっていた。

櫓のあった位置にはクレーターがぽっかり口を開けている。

新入生たちは呆気《あっけ》に取られて静まり返った。

と、そこへ校内放送の繋《つな》がる気配がした。

『上野、またお前か――――――――――――！』

太い怒声は講義が厳しく、また個性も恐ろしいことで有名なある教授のものだった。

『何がキャンプファイヤーだ！　そこで待ってろ、バカもんが！　今度という今度はぶん殴って……』

教授は途中でマイクを投げ出したらしい。

「待てと言われて待つバカいない、と」

上野はハンドマイクを大神に放り、さっさと逃げ出した。

大神が続きのアナウンスを受け持つ。

「以上で【機研】の新入生歓迎実験は終了です。改めて【機研】に入部したい方は、この後すぐに【機研】部室まで来てください。本日中に入部手続きを取られない方は、仮入部を一度キャンセルしたということで処理させていただきます」

結果として残った新入部員は、元山と池谷を含めて九名となった。残り三十名以上はシャレにならない【機研】の危険度に恐れをなして入部を回避したらしい。

「また不吉な数字だよなぁ、これ。よりにもよって九ってさぁ」

元山のぼやきは池谷に「迷信は気にしたもん負けだぞ」と一蹴《いっしゅう》された。

「大神さんの目標より一人多く残ったんだから大成功じゃねえ？」

「それにしても俺たちの一週間の苦労が……」

上野のツテで軽トラを借り、市内の製材所や木工所を回って廃材を分けてもらい、上野の爆弾（『遠隔操作式爆発実験装置』など茶番もいいところで、要するに単なる爆弾だ）が完成するのを待って突貫工事でその爆弾の上に櫓を組んだのである。木材の扱いに慣れている池谷がいて助かった。

「燃やすためじゃねえもんな、吹っ飛ばすための櫓だもんな」

池谷もそこは苦笑気味だ。

そして新入部員の初仕事はグラウンドの後片付けとなった。

上野はまだ学内を逃げ回っているらしく戻ってこない。

大神の指示の下、新入部員同士で自己紹介をして、何となく後片付けに突入した形である。

櫓の燃えかすを拾う者、キープアウトテープを剝《は》がして歩く者、そしてグラウンドのど真ん中に口を開けたクレーターを埋め戻す者が一番多い。土はグラウンド補修用のものが校内に保管してあったが、猫車の担当者によると満杯で十数回の搬送が必要だったという。

「おーい、誰か体育用具室からローラー持ってこーい」

「あいよー」

元山と池谷以外は初対面同士の割に連携はけっこういい。

上野のろくでもない爆発実験を目《ま》の当たりにして、敢《あ》えて再度の入部手続きにきた奴らである。何か一癖あるに違いなく、そこが連携のよさに繫がっているのだろう。

「片付け終わったら四回生の奢《おご》りで歓迎会費預かってるから。頑張れよ」

大神の励ましに一回生たちが景気づけのように叫んだ。

「よっしゃー！」

「クーラー効いた部屋でタダ酒ー！」

「一応お前らは年齢の建前があるんだからでかい声出すな！」

大神が即座に叱《しか》りつけ、やはり怒ると無闇《むやみ》と迫力がある。

夜を徹して行われた部室での歓迎会に、上野が「しつこいんだよ、あのおっさん。いい年こいて」と身勝手な愚痴をこぼしながら合流したのは十時を回ってからのことであった。

爆発音については学生の実験の失敗ということで対外的には苦しいオチがついたという。

そして、この年から上野・大神体制による【機械制御研究部】──通称【機研】の三年にわたる黄金時代が始まる。

＊

「へえー、上野さんってそんな危ない人だったんだ？　披露宴で乾杯の音頭を取ってくれた人だよね。何かフツーにかっこいい人だったけど、ちょっとホストっぽかったかな～」

彼女は結婚アルバムをめくりながら上野の写真のところでページの送りを止めた。

「確か結婚してるんだよね？」

「このころ新婚だったたな」

「でもちょっと話作ってない？　そんなに危ない人が普通に結婚とかさぁ」

「当時の上野さんは完全にイカレてたんだってば。あの人がダークサイドに落ちずにまともに就職して、あまつさえまともに結婚したなんて、人生は不公平だって叫んだ後輩が何人いたことか」

でも【機研】の話してるあなた、楽しそう。もう恋人ではなく妻になって数年目の彼女が笑う。

その日は何の拍子やら、結婚式の写真を眺めながら彼の友人や先輩について昔話をする流れになったのである。

「もっと色々聞かせてよ」

彼女にねだられ、彼はまた大学時代に思いを馳《は》せた。

第2話
副部長・大神宏明の悲劇
二度と手抜きすんな！
大魔神に、春到来――
……か？

＊

新入生争奪戦も山場を越えてから、大学もようやく平常営業で回りはじめた。

【機研】の部室も今までは大神が一番で開けていたものだが、行くと大抵もう開いていて誰かがいるようになっていた。もちろん大学の規則的には違法だが、部室の鍵《かぎ》は部員全員が合鍵を持っている。部室の鍵を預かる事務局は夜の八時を回るとさっさと閉まってしまうので、よその部も同じことをやっている。一応は事務局から鍵を出し入れしているという建前を作るため役員が定期的に元鍵の出し入れをしにいくだけだ。

上野にそういう細かい仕事は向いていないので、それはいつの間にか大神の仕事になっている。

そして――

「何で店の名前と電話番号をメモに取っていかなかった？」

ずらりと正座をした新入生たちは、大神が声を荒げていないのに膝《ひざ》に目を落としたままで顔が上がらない。

ときどき「顔上げろ」と大神が命じ、そのときだけは苦労しながら頭を上げるが、すぐまた顔を伏せてしまう。

何しろ威圧感を与えるから入部希望者への説明には加わらず目を閉じていろと上野に言われた大神である。それがいざ説教となるとまともに目を合わせていられる者はいなかった。

「調達の店を覚えさせるために買い物に出したのに、店が見つからないからって違う店で買ってきたら意味ないだろう。資材調達の店を固定してるにはしてるだけの理由があるんだぞ、代々のOBが良質で安い店を厳選して、その後も質を落としてないか定期的にチェックしてるんだ。新入部員に部品を買いに行かせるのは店を覚えさせるためと品質チェックを教えるためだ。——顔上げろ」

電気屋街の【機研】御用達《ごようたし》のジャンク屋へ新入部員たちを買い物に行かせたところ、違う店で買い物をしてきた。その説教である。

「すみません、確かに俺がメモしたと思ったんですけど、現地に着いたらそのメモがなくなってて……大体の場所と店名は覚えてたから探せると思ったんですけど……」

元山が恐る恐る手を挙げて説明したところへ大神は一瞥《いちべつ》食らわせた。

「言い訳するな。結局違う店で買ってきたんだろうが」

元山がまた俯《うつむ》いてしまう。新入部員たちが買ってきた店の領収書は、店名が同じで漢字が一字違っていた。基本の失敗を踏んでいる。

「分からなかった時点でどうして俺や上野に確認の電話を掛けてこないんだ？」

「二人とも電話が繋《つな》がらなくて……」

「じゃあ何で一回帰ってこない！」

説教が始まって初めて落とした雷に一回生たちは全員首を竦《すく》めた。

「帰って確認する手間が面倒くさかったんだろうが！　その性根を言ってるんだ、俺は！　二度とすんな、こういうところで手間を惜しむ奴《やつ》は絶対大事なところでポカをする！」

一回生たちがますます首を縮める。

「今すぐ指定の店に買い直しに行け、違う店で買った部品は一回生全員で割り勘！　部費からは出さん！」

怒鳴った大神は壁にもたれて漫画雑誌を読んでいた上野に声をかけた。

「部長、処分はこんなところでいいか？」

「お任せー」

答えながら上野は漫画の内容がおかしかったのかケラケラ笑っている。

一回生はしょんぼりと腰を上げ、ファイルに綴《と》じてある【機研】の電話帳から元山が御用達の店と電話番号をメモに控えた。

全員が肩を落として部室を出ていってから、上野が「そういえばさ」と大神に話しかけた。

「メモ取ったのはウソじゃなかったみたいよ、あいつら」

言いつつ上野がジーンズの尻《しり》ポケットから二つ折りのメモ用紙を出した。

渡された大神が開くと、元山の字で店名と電話番号が書き付けてある。

「お前、これどこで……」

「あいつらが買い物に出た後、机の上に置いてあった。持ってくの忘れたかポケットから落ちたんじゃねえ？　部品は間違わずに買ってきたみたいだし」

確かに買ってこいと命じた部品は種類も数もサイズもまったく間違っていなかった。

「細々した部品を間違わずに買ってきたのに、店だけメモるの怠けたっていうのは腑《ふ》に落ちないしな」

「じゃあ何でお前、これ出してフォローしてやらないんだ」

「甘いなー。更に俺はそのメモ見つけてすぐ携帯の電源切ったぞ」

「おい！」

「テストだよ。あいつら買い物に出したとき、お前も授業中で携帯の電源切ってるの知ってたし。持ってきたはずのメモがない、俺もお前も携帯つながらない、そしたらあいつらはどうするかなーって。きちんとメモって出かけたのは合格、部品を間違わなかったのも合格、だけどメモをなくしたアクシデントを乗り切る点は手抜きにより不合格」

大神は顔をしかめた。

「このメモ出してやったらちょっとは説教も手加減したのに。お前のほうがよっぽど鬼だな」

「大魔神の圧力に耐えられるようになったら心強い後輩になるぜぇ。将来を見据えたオヤゴコロと言え」

でもまあ、と上野は付け加えた。

「メモ取ったのが元山だったのに誰も元山一人のせいにしなかった辺り、今年の新入部員は男気があるんじゃね？」

新入部員も大（魔）神の洗礼を受けつつ、日々【機研】に馴染《なじ》んでいっていた。

＊

その日も大神は事務局で鍵の手続きをしてから部室に向かった。

クラブハウスに向かう間、学生たちが「おい、見た⁉」「見た見た！」などと興奮した様子で正門方向からやってくるのに追い抜かれた。クラブハウスは裏門側にあるので正門に何があったのかは大神の知るところではない。

部室に入ると、「ちわーっす」と後輩たちから挨拶《あいさつ》が飛んだ。怒らせると半端《はんぱ》なく恐《こわ》いが、理不尽に怒るタイプではないと認識してもらえたようで、日頃は後輩たちも気軽に接してくる。

「大神さん、マガジンの今週号入ってますよー」

「おう、サンキュ」

漫画雑誌なども誰か一人が買ったら部室に持ってくるので、メジャーな雑誌は部室でほとんど読める。そして十八禁のグラビア雑誌などもたまに。

女子学生がいないわけではないが、工科大で女子の割合というものはほとんど希少生物に近く、そしてその希少種を確保していない【機研】でオーディオ・ビジュアルの略称でないほうのAV鑑賞会が始まったりすることも珍しくない。

そしてその日も途中から後輩の誰かが持ち込んできたグラビア雑誌で、誰が好みかなどという話になった。

「大神さんならどの子ですかー？」

「んー」

大神はパラパラと雑誌のページをめくった。トップ扱いのモデルは派手な顔で体もいいが大神のストライクではない。

「この子かな」

はにかんだ笑顔でビキニの上が外れた胸を手で隠しているモデルを大神は選んだ。巨乳が売りのモデルに比べると胸は小さく見えるが、多分これは実物を見たら充分にでかい。

「どれどれ？」

上野が途中から覗《のぞ》き込んできた。

「おー、ムッツリ大神が好きそうな感じだな。清純そうな顔とポーズのエロさのアンバランスがストライクポイントか？」

「えっ、大神さんって結構そうなんですか⁉」

「少なくとも嫌いじゃねえよなぁ？」

わざと下世話に作った上野のからかい声に、大神も顎《あご》を突き出して迎え撃った。

「嫌いじゃなくて何か悪いか？」

じゃあ上野さんは誰が、という当然上がった後輩の問いに、上野は肩をすくめた。

「ここに載ってるようなレベルの女がそこらに落ちてるわけないだろ、特に体。これが自分の前に落ちてくるってんならハッキリ言って誰でもいいね、俺は」

「うわーっムッツリの大神さんよりよっぽど質悪《たちわり》いー！」

「ちょ、待て、今何気なく俺をムッツリ認定したのは誰だ」

大神は口を挟んだが、後輩たちは上野の暴言にヒートアップして聞く耳など持っておらず、大神の抗議は喧噪《けんそう》に沈んだ。

「つーか、夢とか愛とかないっすよ上野さん！　たとえグラビアでも好みのポイントとか！」

「なに言ってんだよ、誰でもいいっつってんだから博愛じゃねーか。俺に言わせたら選ぶお前らのほうがよっぽど質悪いわ」

「何かが違う！　一瞬正論に聞こえるけど何かが決定的に欠落してます！」「博愛という言葉が号泣しながら謝れと乗り込んできそうです！」

話題はどうやら上野の人間性のほうへ逸《そ》れたので、大神は空いている机に陣取った。

ノートをまとめきっていなかったので今のうちにまとめてしまおうとテキスト類を出していると、

「……大神さん、この騒ぎの中で勉強できるんですか」

池谷が驚いたように声をかけてきた。

「家に帰ってもこんなもんだからな。小中学生の弟妹が四人いるともう宿題教えろの遊んでくれの自分の勉強どころの騒ぎじゃねーよ」

「それはまた随分年の離れた……」

「下が一人なら恥かきっ子が弱いけど、恥かきっ子が四人じゃパワーバランスは相手のもんだよ。俺が逆に恥かきっ子みたいなもんだ」

半時間ほどでノートをまとめ、雑誌に目を通してから大神は部室の様子を見渡した。まだグラビア談義が続いているようで、そこにまた首を突っ込んでいくのもムッツリ呼ばわりされた直後では抵抗がある。

「じゃあ俺上がるから。最後に帰るか泊まり込む奴、戸締まりと火の元な」

はーい、とあちこちから返事がくる。

ふざけているときでも真面目《まじめ》なところは真面目なことが取り柄の後輩たちだった。

＊

クラブハウスからは裏門が近いが、正門のほうが駅に近い。電車通学の大神は正門が閉まるまでは正門から帰ることにしている。

正門に近づくまでにそれは見えていた。九十九％男子校の成南電気工科大には到底そぐわない色の固まりとして。

それがピンクを基調としたパステルカラーの「女の子服」——要するに、スカートファッションの女子だと気づいたとき、部室に向かう途中で学生が何やら騒いでいたことを思い出した。

どうやら正体はこれか、と納得する。むさくるしい男子学生の出入りがほとんどを占める正門の前で、いかにも育ちの良さそうなお嬢さん系女の子が人待ち顔で立っていたらそれは人目も引くだろう。

大神も普通に興味を惹《ひ》かれてその女子を通りすがりに盗み見た。——あ、ちょっと似てるな。などと思い出したのは、さっき部室で見たグラビア雑誌のモデルだ。

と、大神が通り過ぎてから「あのっ」と思い詰めたような声がかかった。他に誰もいなかったので反射で振り向いてしまう。

「あの、うちの五月祭《さつきさい》にいらしてましたよね」

　五月祭といえば、成南大と同じ市内にあるお嬢さま学校の白蘭女子大がGWに開催する学園祭のことだ。そして、大神は確かに今年の五月祭に同じ学科の友達と行った覚えがあった。

　白蘭に入れるなんて年に一回、五月祭だけがチャンスだぜ！　美人も多いって定評があるし、せっかくだから潜入して間近でお嬢さまを拝ませてもらおうじゃないの！

　上野とはまた違った意味で行動力のあるその友達に先導される形で何人かと白蘭を訪ねた。

　ほぼ男子校の成南と違い、屋台の類《たぐい》を自力で組めないのか、校舎内がメインの学祭だった。

　そして模擬店もかわいらしい飾り付けをした喫茶店やクレープ屋など甘味処《かんみどころ》が多く、売り物も手作りクッキーだのパウンドケーキだの、まるでお菓子の展覧会だ。

　学園祭で売られる食い物といえば、唐揚げ・フランクフルト・焼き鳥と油物が上位を独占する文化の国から訪問した大神たちにとって、白蘭の五月祭はまったくもって異次元だった。

　気のせいか校舎中甘い匂《にお》いがする五月祭に完全に位負けし、あわよくばナンパの一つもという目論見《もくろみ》は敢《あ》えなく崩れ去った、というのは余談だ。

とにかくその五月祭になら、

「は、はい、確かに行きましたが……」

「私のこと、覚えてらっしゃいますか？」

すみません覚えてらっしゃいません！　どころかさっき見てたグラビアのモデルに似てるとか思ってました！　しかもけっこうエロいポーズの！

動揺した大神の無言を否定の意に捉《とら》えたのか、女子大生は少しがっかりしたように俯《うつむ》いたが、気を取り直したようにまた顔を上げた。

「突然でごめんなさい、でも私は覚えてるんです。それで……」

女子大生は提げていたバッグから花柄の封筒を取り出して、お辞儀をしながら両手でそれを大神に差し出した。

「お名前も知らないのに失礼ですけど、どうぞ受け取ってくださいっ！」

「は、はい」

差し出されたその上品な封筒を大神が受け取ると、女子大生はそこで勇気が尽きたのか、また深くお辞儀をして駅のほうへ駆け出した——というよりは、逃げ出したというべきか。

女子大生が駅の構内に逃げ込むまでその背中を呆然《ぼうぜん》と見送って、大神は自分の手に淡い花柄の封筒が残っていることに改めて気がついた。

「うわっ」

まるで恐いものでも触ったように封筒をお手玉して、取り落とすその寸前で慌《あわ》てて引っつかむ。

宛名《あてな》は『成南電気工科大学から来られた誰かさま』。

差出人は『白蘭女子大学二回生 七瀬《ななせ》唯子《ゆいこ》』。

これ――これってもしかして、俺、ラブレターとかもらったか!? しかも、今どき手書きで!?

家に帰るか部室に戻るか迷い、大神は学内に駆け戻った。家では弟妹に群がられて手紙を読むどころではない。うるさいのは同じでも部室のほうがまだマシだ。

ドアを激しく開け閉《た》てして部室に飛び込んだ大神を、上野や後輩たちが不思議そうに見上げた。

「どうしたんですか大神さん、帰ったんじゃ……」

尋ねた元山に返事をする余裕もなく、大神は靴を脱ぎ捨てロフトに駆け上がった。

そしてロフトから下のフロアに怒鳴る。

「いいか、絶対誰も上がってくるなよ、いいな！」

そして下から窺《うかが》えないロフトの奥へ引っ込み、きれいにのり付けで封をされた花柄の封筒をもどかしく手で引っちゃぶく。

中からは封筒とお揃《そろ》いの柄の便箋《びんせん》がやはりきれいな二つ折りで出てきた。

はじめまして。私は白蘭女子大二回生の七瀬唯子と申します。

突然にこのようなお手紙を差し上げることをお許しください。

いかにも女の子女の子したかわいらしい字で、手紙はそのように書き出されていた。

あなたにお会いしたのは忘れもしません、五月祭です。

私の所属するサークルが出店した喫茶店にあなたはお友達数人でお出《い》でになって、女子の多い模擬店に戸惑ったように空いていたテーブルに皆さんで座られました。

私は皆さんにお水を出しに行って、聞くともなしに聞いてしまったお話しの様子で皆さんが成南大の学生さんであることを知りました。

そこまで読んで、大神はようやく彼女のことを思い出した。

甘い匂いの漂う校舎内で遭難寸前に陥った大神たちは、とにかくどこか店に入って座ろうと軽食もメニューに出していた喫茶店に入ったのだ。パスタだのサンドイッチだの、男の空《す》きっ腹にはやや物足りないメニューだったが、背に腹は替えられない。

店内のメニューを見ると、数量限定でキッシュだのポットパイだのというシロモノもあったが、それらに至っては現物の想像すらつかないので回避。

辛うじてハヤシライスの親戚《しんせき》だと知っていたビーフストロガノフを一緒に出かけた四人揃って注文し、出てきた水を全員一気に飲み干した。

すみません、水のお代わりください。

誰かが呼んだ声に答えて水差しを持ってきたのが、今にして思うと七瀬唯子だったのだろう。順番に水のお代わりを注いでいた唯子は、大神の番になって手を滑らせたのである。コップこそ取り落とさなかったものの、水差しの口から出た水はコップに入らず大神のジーンズの膝《ひざ》を盛大に濡《ぬ》らした。

す、すみません！

唯子はフリルの利《き》いたエプロンのポケットからハンドタオルを出してその場に跪《ひざまず》き、

大神の膝を拭《ぬぐ》った。

一緒に行った友人連中が、その様子をむしろ羨《うらや》ましそうに眺めていたことはこの際置く。

あの、クリーニング代を……

いいですよ。

大神は手を振った。

水だからシミになるわけでもないし、すぐ乾きます。

そうでなくとも、家に恥かきっ子の弟妹四人を抱える身の上だ。水だの味噌汁《みそしる》だのをこぼされることには慣れている。

水でありがたかったくらいです。

そう言うと、唯子は何度も謝りながらカウンターへ戻っていった。

途端、友人たちから集中砲火を食らった。

バッカだなーお前は！　今のめちゃくちゃチャンスだろ！

何がだよ。

これをきっかけにナンパできただろ！　クリーニング代の代わりにメルアド教えてよ、とか！

ああ、そういう手口もあったかと思ったが、それはあまりフェアでないような気がして大神の性格には合わなかった。向こうに過失がある状態でそういう迫り方をしたら、気が進まなくても教えざるを得ないだろう。

大神は答えた。

相手の弱みに付け込むのは趣味じゃない。

かーっ、言うねこの色男は！

友人たちのブーイングを食らいつつハヤシライス――ではないビーフストロガノフが来るのを待った。

皿が大きいためかトレイに二皿ずつしか載らず、それを運んできたのもやはり唯子だった。

友達が行け行けと脇《わき》をつついたりテーブルの下で膝を蹴《け》ったりしたが、大神は無視した。

唯子がもう一度ビーフストロガノフを二皿運んできて去った。

あーあ、と露骨に肩をすくめた友人の中、目敏《めざと》い一人が気づいて小声で叫ぶ。

おい、もう一度来るぞ！

もう注文は全部運び終わって伝票も置いたはずなのに、唯子は確かに再度――いや三度、大神たちのテーブルにやってきた。

そして大神にぺこりと頭を下げる。

お水こぼしてしまってすみませんでした。こちらサービスさせていただきますので、皆さんでどうぞ。

テーブルの中央に置かれたのは、どうやら手作りクッキーだ。

友人たちはもう唯子に聞こえても構うものかという露骨さで「行けって！」「骨は拾ってやる！」などと大神を煽《あお》っている。

だが大神も一度決めたので譲らなかった。

ありがとうございます。

礼を言うと唯子はほっとしたように笑ってまた去っていった。

バッカだなお前、今のは絶対脈あったって！　見ろよこの大盛り。

クッキーは菓子鉢に山盛りで、辛党の男四人では持て余すほどの量だった。

あーあ、何でこういう朴念仁《ぼくねんじん》のところにこういうチャンスが降ってくるんだよ。

まったくだ、俺なら絶対無駄にしない。

ブツブツ言いつつ全員でビーフストロガノフを食べはじめた。だが、食べはじめるとみんな味に興味が移ったらしい。

うま！　すげーな、女ってこんなん作れるんだな！

でもやっぱハヤシライスとどこが違うか分かんねーな。ハヤシライスでよくね？

だが、サービスのクッキーのほうは全員お義理で一つか二つをつまんだ程度で減りが悪かった。当日のメンバーに甘党が混じっていなかったことが敗因だ。

これは残して帰るともう商品にはならないだろうし、あの子も気にするだろうなあ——大神は少し悩んで解決策を思いついた。

すみません。

唯子に目を合わせて手を挙げる。

ついに行くのかと盛り上がった友達は無視で、大神はぱたぱた駆け寄ってきた唯子に言った。

このクッキー、よかったらビニールに包んでもらえますか。美味《おいし》かったんで。俺、家に小さい弟や妹がいるから土産にしてやりたいんです。

持て余して残したわけではない、ということを強調できる言い訳に、唯子は不審を感じなかったようだ。実際、大神の弟妹は共働きの両親の下、凝ったお菓子に飢えているので喜ぶだろう。

はい、喜んで！

唯子は残ったクッキーを持ってカウンターへ駆け戻った。

唯子が去ってから友人が感心したように呟《つぶや》いた。

お前そういう言い訳巧《うま》いよなぁ。

友人同士ではコーヒーでも頼んでノルマ制で流し込むか、というひどい案まで出ていた。

しばらく待つと唯子がまた戻ってきた。クッキーは明らかに残した分より二割ほど嵩《かさ》が増え、かわいらしくラッピングされている。

どうぞ！

唯子から受け取ったそのクッキーを、大神は自分のショルダーにしまった。

会計をしてくれたのも唯子で、大神の会計のときにはにっこり小首を傾《かし》げられた。

妹さんや弟さんにもよろしくお伝えください。

店を出てから友達全員に小突かれた。

絶対チャンスだったって！

カッコつけやがってこのムッツリスケベ！

うるせえよ、といなしながら、頃合いだったので帰路についた。

図らずもタダで手に入った土産が弟妹を狂喜乱舞させたことは言うまでもない。

しかしまさか――本当に、

「ほほー、まるで少女漫画のような展開ですなー」

突然耳元で上野の声が茶々を入れた。

「うわ――――――――――――――――ッ!」

大神は一回生たちの前で初めて素の悲鳴を上げて便箋を上野から隠した。

「く、来るなって言っただろ!」

上野がハードボイルド風をしょって指を振る。

「背中が完全にお留守だったぜ、お兄さん」

そして上野がロフトの手すりから身を乗り出す。

「諸君! 君らの敬愛する大神副部長がラブレターをもらいました!」

おおおっ、と一回生たちから歓声が沸いた。

「しかも! 白蘭の女子大生です!」

歓声が更にどよめきに転じる。

「え、それ、もしかしてさっき正門に立ってた女の子ですか」

一回生の一人が声を上げた。

「おおっ、お前見たんか！」

上野にロフトから指名されてその一回生が答える。

「あの、コンビニ行ったとき……けっこう清楚《せいそ》な感じの美人で、何かこう、いかにもお嬢さん系の女子大生ーって感じで学生の注目集めてました。いやー、まさか白蘭の学生で大神さんの出待ちだなんて……」

「勇気あるよな。今日大神に会えなかったら通うつもりだったんかねー」

うーんと唸《うな》った上野がその一回生にまた問いかけた。

「ちなみにその子、大神の好みっぽい感じだった？」

「あ、顔はけっこうストライクじゃないですか？　さっきのグラビア話の線からすると……ちょっと似てたし」

「言うなッ！」

大神は怒鳴ったが、さすがに一回生たちも大神が動転しているだけの一喝などではびびらない程度に大神に慣れていた。

「どこで会ったんですか!?」

「きっかけは何だったんですか!?」

当然飛んだ質問には上野が勝手に答えた。

「今年の五月祭《さつきさい》だとよ。その女の子……っても二回生だから最低でも大神と同い年か、喫茶店でその子が大神のジーンズに水こぼしたとき、大神が水だからシミにならないし、すぐ乾くから気にすんなって彼女のハートをゲット！　みたいなー？」

「おおー、ドラマだ！」

余計なことを言うな、と上野に摑《つか》みかかるが、上野のよく回る口は取っ組み合いになっても止まる気配はない。

「天然たらしからひとつ学んだな、みんな！　ウェイトレスに多少の粗相をされてもブーブー文句垂れずに『気にしないで』とココロ広くフォロー！　これは色んな場面で応用利くぞ、テストに出るぞー！」

「出ねえよ！　どこのテストに出るんだよ！」

「天然たらし検定三級」

「どこが主催だ！」

ロフトで取っ組み合う二人に頃合いでストップをかけたのは元山である。

「そろそろやめてくださーい、隣近所から苦情がきまーす」

最近は他の部とのちょっとした渉外《しょうがい》も元山が捌《さば》いているようだ。

戦い終わってお互い大の字に寝転がり、しかしまだ上野のテンションは高い。

「お前、返事どうすんの？　付き合うの？　振っちゃうの？　今フリーだよな？」

五月祭から半月だろ、向こうはその間、悩みに悩んでアクション起こしたと思うぜ。まさかこのまま無視して終わりってことはないよなぁ？　と上野はぺらぺらよく喋《しゃべ》る。

大神は便箋《びんせん》の最後の一枚を見直した。


私がお水をこぼしてしまったことを気にしないように気遣ってくださったあなたの優しさが忘れられなくて、こんなお手紙を書いてしまいました。

もしご迷惑でなければ私とお付き合いしてくださいませんか？　お返事お待ちしております。私の連絡先は以下の通りです。


そして携帯番号とメールアドレスで手紙を結び、最後に追伸があった。――お土産のクッキーは弟さんや妹さんのお気に召しましたか？

返事は手紙でなくてもいいのか、と正直ほっとした。大神は作文が苦手だし、字も巧くない。そして白蘭の学生なら今どき携帯を持っていないと言われても不思議ではない。

「で、でも返事ったって……」

携帯とメール、どちらからアプローチしたものか。そしてどちらを選んだにしても
どう喋ればいいのかどう書けばいいのか。
「お前、いきなり知らない女と電話だと無言になりそうだからなー。メールのほうが
いいんじゃねえの」
上野が大神の迷いを見抜いたようにアドバイスする。
頷《うなず》きながら大神は彼女の携帯番号とメールアドレスを登録して、携帯のメール作成
画面を開いた。
『はじめまして。』
そこまで打って指が止まる。文才のない悲しさだ。レポートならいくらでもまとめ
られるのに。
長考十五分が過ぎたところで、「うざい！」と上野が苛立《いらだ》ったように大神の携帯を
取り上げた。
「付き合うんか断るんかどっちだ！」
単純な二択を突きつけられて大神はうっと息を飲んだ。

「……せっかくこんな手紙くれたんだし、俺のこと捜しに来てくれたんだし……」

「付き合うんだな。そんで彼女の顔は覚えてたのか」

上野がいくつか大神に質問して、それから携帯を打ち出した。五分足らずで文章を打ち終えて大神に携帯を返す。

「そんなとこでどうよ」

『はじめまして。僕は大神宏明と申します。

さっきはお手紙ありがとうございました。突然のことで驚きましたがうれしかったです。顔を覚えていなくてすみません、でも模擬店でのことは覚えています。

小さな事件だったので、そちらはもう忘れているだろうと思っていました。

こんな無粋な僕ですが、それでもよかったらこちらからお付き合いを申し込みたいくらいです。

取り敢《あ》えず、ご迷惑じゃない時間に電話を差し上げたいので、ご都合のいい時間を教えてもらえませんか？

ちなみに僕の番号は○○○―○○○○―○○○○です。

追伸：お土産のクッキーは弟妹が大喜びでした』

手堅く隙《すき》のない返信に思わず大神は読み入った。

「……お前、火薬とバイク以外にも取り柄があったんだなぁ」

「俺の引出し舐《な》めんなよー？　教授や事務局を煙《けむ》に巻くのに比べたら、ラブレターの代筆くらいちょろいもんよ」

上野はふふんと鼻を高くした。

「せっかく書いてやったんだからすぐ出せよ、リアクションの早さで相手の本気度も分かるし」

「でもがっついてるように思われないかな……」

「お前な、白蘭のお嬢が出待ちまでしてお前を狩りに来たんだぞ！　カッコつけてる場合かよ、ここで！　こっちもがっつりその気ですよってところを見せてやらないとかわいそうだろ！」

確かに。上野は妙なところで妙な説得力がある。背中を押されて、大神はメールの送信ボタンを押した。

それから彼女の手紙を封筒にしまう。焦《あせ》って手で破いてしまったが、落ち着いて鋏《はさみ》かカッターで開ければよかったというのは後の祭である。

「あー、じゃあ俺、帰るわ……」

戻ってきたときとは打って変わって気の抜けたテンションでロフトの梯子《はしご》を下りる。

と、その途中で携帯が着信を鳴らした。メールではなく電話のコールだ。

まさか⁉

尻《しり》ポケットから携帯を出して液晶を確認すると、表示されていた名前はさっき登録したばかりの『七瀬唯子』だった。

「彼女ですか⁉」

後輩たちの質問には答える余裕もなく、大神は部室の外へ飛び出した。

＊

「――はい、大神です」

やや息を切らして電話に出ると、さっき交わしたばかりの唯子の声が聞こえた。

「あの、先程は……七瀬唯子です」

「はい、分かります」

この先何を話せばいいか分からず、大神は校舎の壁にもたれて言葉を探した。

「てっ……」噛《か》んだ。情けない。「手紙、ありがとうございました」

「あの、こちらこそ。待ち伏せなんかしちゃったのにすぐご連絡いただけて。すごく嬉《うれ》しかったので、乗ってた電車を降りて電話してしまいました。メールに携帯番号を書いてくださってたので」

「あ、はい」

「文章がすごく誠実で、読んでてどきどきしました」

メールは悪友の代筆だなんてとても言えない。こちらは罪悪感でどきどきしている。

「す、すみません、馴々《なれなれ》しくなかったですか」

「いいえ。大神さんってお呼びしていいですか？」

「あ、はい。お好きなように」

ええと、上野はメールに何て書いたんだったか。必死で文面を思い返す。

そして気づいた。

とんでもないことを書いてくれた！　――だが男に二言はない。それに唯子がすぐに電話を掛けてきたのもそれを期待していないはずがない。

「あの、七瀬さん……」

「唯子でいいです」

「唯子さん、俺はあまり愛想もないし面白みもない奴《やつ》ですけど、それでもよかったら……」

緊張して舌がもつれそうになり、一息入れた。

「俺と付き合ってもらえませんか」

はい、とはにかんだような唯子の返事があり、そして唯子との付き合いは始まった。

＊

すげえー、と後輩たちは素直に感動していた。

「白蘭の女子が彼女なんて、成南じゃちょっとあり得ないですよ！」

「いいなぁ、俺も来年は五月祭行こうかなぁ」

だが上野はさすがに言うことが奮っている。

「おいおいお前ら、縁の下の力持ちを忘れてもらっちゃ困るな。『はじめまして』で続きが十五分止まってた男だぜ？　あのままほっといたら、一晩かけても返事が書き上がってたかどうか。俺の代筆力がこの恋をまとめたと言っても過言じゃないな！」

ここまで誇られるともう反駁《はんばく》する気も失《う》せる大神だった。

「『上野の代筆』とかソフト作って売るか！　宣伝はもちろん大神の恋の実例出して『上野の代筆』のお陰で彼女と結ばれました、とかな」

「それ怪しい霊感グッズみたいで超ウケるんですけど」

「テキストパターンは果たし状・決闘状・絶縁状・挑発状とバラエティに富んでおります、とか」

「おいこら、一つの恋をまとめた俺が何でそんな物騒な製品諸元《しょげん》なんだよ」

「いやー、上野さんなら本来の諸元はそっちでしょ」

自分から話題が逸《そ》れてほっとした大神は、騒ぎに紛れて部室を出た。

と、出入り口付近で漫画を読んでいた元山が目を上げて笑った。

「行ってらっしゃい」

池谷もそばにいたが、気づかない振りをしている。上野や他の後輩に帰るところを見つかると、万歳三唱で見送られたりするのでありがたい心配りだった。

大神が部室に居残らず早く帰る日は、唯子と会う約束があると既にばれている。

前の彼女とは高校を卒業してから何となくお互い音信不通になって自然消滅した。だから彼女ができたのは二年ぶりということになる。

駅まで歩き、定期で構内に入るといつものベンチに唯子がもう来て座っていた。

「ごめん、待たせた？」

「ううん、一本前の電車」

途中までは路線が同じなので、授業の終わりが合う日は路線が分かれる駅で降りてお茶など飲むことにしている。週に二回程度だ。

お互いに携帯は持っているが、待ち合わせではほとんど使わない。二人とも時間は守るタイプで、今日も大神は約束に遅れてはいない。唯子が先に来ていただけだ。逆のときもある。

踏切の音が聞こえてきたので大神は座っている唯子に手を差し出した。

「行こうか」

唯子がちょっと顔を赤くして大神の手を取り、立ち上がる。

ああ、かわいいなぁ――と毎回思う。

白蘭の女子大生ということに周囲の連中は過剰な価値を見出《みいだ》しているようだったが、付き合ってみるとそんなことはついででしかなかった。

ナンパされても、白蘭ですって言ったら引かれちゃうこともあるんですよ。私たちだって普通に彼氏とかほしいのに。

唯子さんも彼氏ほしかったんだ。

そりゃあもちろん――と唯子は顔を赤くして俯《うつむ》いた。

好きなタイプなら、ですけど。

俺は好きなタイプだったのかなとそれは口に出さなかったのだが、唯子は自分から話した。

五月祭で大神さんのこと、優しくてかっこいい人だなぁって思ったんです。お水をこぼしちゃったのに怒らないでくれて、代わりに連絡先の交換とか迫ってくるようながっついたこともしなくて。

友人たちの煽動《せんどう》に乗っていたら唯子と付き合う目はなかったらしい。危なかった、と胸をなで下ろす。

最後、私から連絡先の交換お願いしようかと思ったんですけど、そのときは勇気が出なくて。

ほとんど男子校のウチで出待ちするほうがよっぽど勇気あると思うけどな。

やだ、すごく恥ずかしかったんだからそのことは言わないで。

そんな会話でぱちんと肩を叩《たた》かれたのは初デートのときだ。場所はベタに遊園地、唯子は昼の弁当を作って持ってきた。

昼の少し前、店が混む前に何か食べようかと提案したら、唯子は少し恥ずかしそうに「お弁当作ってきたんです」と告白したのである。

これ、自分で？

唯子がベンチに広げた弁当を大神は目を丸くして見つめた。

はい。おいしいかどうか分からないけど、初めてのデートだし、大神さんに食べてほしくて……。

いかにも女の子の手作り風のカラフルな弁当は、一見するだけでも手が込んでいることが分かる。

家族の多い大神家では、この世に存在することは知っていても到底自分たちには縁のない代物《しろもの》だった。

しかも——それが自分のためだけに！

今まで付き合った彼女だってこんなところに来るときは、コンビニでおにぎりでも買うのが精々だった。もっとも高校生で台所も自由には使えなかったであろう年頃と比べるのは不公平だが。材料を買うほど小遣いも多くないし、冷蔵庫の中身も勝手に使えない。

いや、俺、自分の親にもこんな凝った弁当作ってもらったことないよ。

「私だっていつもは無理ですよ。それに大神さんのおうちはご家族多いんでしょう？でも私は大神さんと自分の分だけだし、今日は特別だから頑張りました」

唯子の作ってきた弁当は大神には少し味が薄かったが、充分旨《うま》かった。食べている間は旨いとしか言っていなかったような気がする。

だが、唯子は嬉《うれ》しそうに聞いてくれていた。

がっついて食べていたせいか、途中で喉《のど》を詰まらせた。

お茶を探して自分の鞄《かばん》に手を突っ込むが、なかなか見つからない。

「大神さん、これ」

唯子から差し出されたペットボトルを受け取り、蓋《ふた》を開けて一気に呷《あお》る。

「ごめん、あんまり旨くてがっつきすぎた……」

そう言いながらペットボトルを返そうとして、唯子の飲みかけに口をつけたことに今さら気づく。唯子の赤くなった顔で気づいた、というほうが正しい。

「ご、ごめん！」

「いえ、あの、私こそ……とっさだったのでつい」

今どきペットボトルの回し飲みくらいでこれほど顕著に赤くなられると、それなりに世間ずれしている男としては対応に困る。

間接キスなんて概念はとっくに滅びたもんだと思ってたんだけどな。どうしたもんだ、これ。

ここが白蘭の白蘭たる所以《ゆえん》か、と感心しながら大神は腰をあげた。

ごめん、飲み口洗ってくる。それとも新しいの買ってきたほうがいい？

いえっ！

唯子は慌《あわ》てたように大神のシャツの裾《すそ》を引っ張った。

いいです、あの……そのままで。大神さんだったら。

大神はシャツを引っ張られるまま再びベンチに腰を落とした。……やべ。

めちゃくちゃカワイイ。

今度は大神の顔が火照《ほて》る。無言でペットボトルを返すと、唯子のほうもやはり無言で受け取って蓋をした。

何となく気まずいようなくすぐったいような空気の中で弁当を食べ終えて、唯子は空いた弁当箱を片付けた。

……次、何乗りたい？

立ち上がりながら、大神としては自然なつもりで手を差し出した。唯子からは腕を組んでこないだろうし、朝から何となくタイミングを探していたのである。

唯子が笑って大神の手を取ったのは、向こう側もタイミングを探していたと思っていいのだろうか。

じゃあ、次は本命で。

この遊園地で一番の売りになっているジェットコースターである。唯子は見かけと裏腹に意外と絶叫マシンは好きなようだった。大神も遊園地に来たのにぬるい乗り物ばかりでは入場料を損したと思うクチなので、その辺の相性もバッチリだった。

初めて握った唯子の手はふわふわ柔らかく、どこまで力を入れていいか分からなくて最初はよく手を滑らせて取り落とした。

もっと強く握っても大丈夫ですよ。

そう言われると、余計に緊張して力加減が分からない。昔の彼女とはどれくらいの強さで繋《つな》いでたっけ？　その頃はその先も平気でやっていたのに――たかだか二年、女子と隔離されたに近い環境が続いただけで、こんなにも女の扱いは下手になるものだろうか。

やがて大神は解決策を見出した。指を軽く絡《から》めたのである。力加減を意識しなくても絡まった指で手は勝手に繋がっている。

唯子はその繋ぎ方のほうが逆にどぎまぎしていたようだが、それは気づかない振りで無視した。振り払わない以上、イヤではないはずで、その日の帰りにはもう唯子もその繋ぎ方に慣れた。

　そして二人の付き合いは順調に二ヶ月目に入ったところである。

「今日、どこ寄る？」

　最後に寄るのはチェーンのコーヒー店が定番だが、その前にどこかの店を冷やかすこともある。

「今日は先に本屋さん寄りたいです」

「あ、じゃあ俺も雑誌買おう」

『トランジスタ技術』と『ラジオライフ』の新刊がもう出ているはずだ。『アクションバンド』は上野の愛読誌なので勝手に買ってくるだろう。

　市内で一番大きなその本屋の入り口で時間を決めて分かれた。

　唯子と一緒のときはまかり間違っても時間が余ったからといってエロ本のコーナーなどには寄りつかないようにしている。

　満を持してこの界隈《かいわい》に乗り込んできたコーヒー店の規模は大きく、いつも賑《にぎ》わっている。

サイドメニューの展示ケースの前で、唯子はうーんと悩んでいた。

「どうしたの」

「このケーキ食べてみたいけどダイエット中なんです……」

「唯子さん、ダイエットなんか必要ないだろ」

「そんなことないです、足とか太いし」

唯子の足が太いのなら、世間の女性の足はみんな象だ。だが、いつもそんなところばかり見ているのかと思われるのも痛いのでそれは黙っておく。

「じゃあ俺と半分こする？」

甘い物は苦手だが、悩ましい様子の唯子を見ていると助け船を出したくなった。

「半分ならダイエットにもそれほど影響ないんじゃないか」

「あ、じゃあ……お言葉に甘えて」

あっさり陥落《かんらく》した辺り、よほど食べたかったのだろう。注文の順番が来て、唯子は嬉しそうにカフェラテとそのケーキを注文した。

だが、席を取ってから彼氏の立場として控えめに主張しておく。

「……でも、俺は唯子さんは今くらいでちょうどだと思うけど」

「女の子はそうもいかないんですっ」

唇を尖《とが》らせて（そんな表情もかわいい）唯子はケーキにフォークを刺した。

「おいしいけどやっぱり甘ーい。大神さんと半分こしてもらってよかった」

唯子は半分のラインを悩みながらちびちび食べ進み、ほぼ半分のところで大神に皿をパスした。

その頃にはもう同じフォークを使うことにも慣れていたし、外で人目を気にしつつの軽いキスもクリアしていた。

今日の帰りはキスできるかな。そんなことを考えながら、大神は半分このケーキをブラックのコーヒーで流し込むように片付けた。

＊

大事件が勃発《ぼっぱつ》したのは、前期試験も片付いてあとは夏休みを待つだけという谷間の時期である。

いつも通り途中の駅で降りて小さくデートをしていたとき、唯子が言った。

「大神さん、うちに遊びに来ませんか？」

付き合いはじめた彼女にそんなことを言われて動揺しない男はいないだろう。

ご両親に挨拶《あいさつ》や手土産はどうしたものか、ととっさに算段した大神に、唯子は更に爆弾を投げた。

「来週の週末、両親が趣味の登山ツアーに出かけるんです、一泊で。だから……」

だから⁉　ここで更に動揺しない男もそうはいない。それはあれか、いろいろＯＫって意味で誘ってるのか違うのか。今どきフツーにお約束で考えればそれはフツーにそういう意味でアリだ、付き合いはじめてもうすぐ三ヶ月目に入るというのも頃合いといえば頃合いだ。

「大神さんが嫌じゃなかったら、泊まってくれてもいいし……」

動揺している間にフラグが立った⁉

大神がほとんど硬直していると、唯子は心配そうに小首を傾《かし》げた。

「嫌ですか？」

「いや、それは俺より唯子さんが……」

唯子は頬を赤く染めて目を伏せた。

「嫌だったら誘ったりしません」

じゃあ、とその約束はぎこちなくはにかみながらまとまった。

さすがに、これぱかりは誰にも相談できなかった。冷やかしが暴走して止まらなくなるのが目に見えている。

そして迎えた当日、約束していた夕方に大神は唯子の指定した最寄駅に向かった。高級住宅街として知られた街の最寄駅である。

「大神さん！」

唯子が手を振る前に改札の中から唯子を見つけていたが、大神も手を挙げて応《こた》えた。

その日も唯子はかわいかった。

唯子の家は駅から歩いて十分程、広い庭のあるプロヴァンス風——というのか大神は建築に詳しくないのでよく分からないが、とにかく小洒落《こじゃれ》た洋風の家だった。

「すげえ。広いね」

「そんなことないですよ、私の友達の家なんかもっと広いし」

厭味《いやみ》に取る人間もいるのだろうな、という謙遜《けんそん》だったが、これを厭味に取るような下世話な人間は唯子の身の周りにはいないのだろう。

当然のように二重ロックのドアを開け、唯子は大神を家に招き入れた。

「今日、大学の友達が泊まりで遊びに来るって言ったら母がいろいろ用意してくれて……私が何か準備する隙がなくなっちゃったんですけど、ごめんなさい」

「いや、いいよそんな」

それより気になったのは――

「大丈夫なの、そんな嘘《うそ》ついて」

「嘘はついてませんよ」

唯子は唇を尖らせ、それからぺろっと舌を出した。

「大神さんだって大学生でしょ。同じ大学の友達とは一言も言ってないもの」

意外と策士だ。

案内されたリビングで、映画のＤＶＤを観《み》た。大神も観たいと思いながら見損ねていたものだったが、内容はてんで頭に入らなかった。豪勢なソファで唯子がぴったり隣にくっついて座っていたからである。

「あの……もうちょっと離れて……」

「やだ、外じゃこんなことできないもん」

唯子はますますくっついた。腕まで組んでくる。薄着の季節、腕には柔らかい感触がはっきりと、
ていうかそれは俺がやばいんですけど！

初めて会ったとき似ていると思ったグラビアモデルのポーズを思い出し、大神は横

に置いていた自分の鞄を何気なく膝《ひざ》の上に置き直した。

「面白かったですね！」

などと言われても、大神のほうは内容をろくに覚えていなかったが、適当に相槌《あいづち》を打って合わせる。日頃から口数の少ない性格が幸いした。

そしてDVDを一本見終わるとそろそろ夕食の時間である。

「母が簡単に片付くものがいいだろうってカレーいっぱい作っちゃって。残ったら朝ごはんにも使えるでしょうって……」

そんなところはうちと変わらないんだな、と小さな庶民ポイントを見つけてほっとする。

「中辛なんだけど大丈夫ですか？　私の友達、辛いの苦手な子が多いから」

「うちもチビたちが辛いの駄目だからそれくらいだよ」

「ならよかったー」

唯子がカレーの鍋《なべ》を温めながら笑う。

だが、適当なテレビ番組を観ながら食べたカレーは家で食べるカレーとは少し味が違った。多分、隠し味やら何やら入っているのだろう。家で食べる市販のカレールーのみのカレーとも、安さと盛りが身上のチェーン店のカレーとも違う味がする。

「大神さん、お風呂《ふろ》に先に入りますか？　後になると面倒くさくなっちゃうでしょ」

唯子が夕食の皿を下げながら投げた問いで、体中に電流が走ったかと思った。

「あ、じゃあ……」

唯子が先に立って風呂場に案内し、使っていい風呂道具を説明してくれた。タオルも使っていいという。

一応その辺りは全部持ってきていたが、せっかくだから貸してもらうことにする。

……けっこう慣れてるのかな。

湯船に浸《つ》かってそんなことを考えた。付き合いはじめた彼氏を家に泊めて、風呂に案内して――と唯子はまったく緊張していないように見えた。

風呂から上がって習慣のままに歯を磨き、着替える段階で悩んだ。いきなり寝間着というのはまだ時間も早いしだらけすぎているような気もする。結局、Tシャツだけ寝間着に使っているものにして、下はジーンズにした。代わりに靴下は割愛《かつあい》。

ドライヤーの場所も説明されていたが、自宅でドライヤーを使うという文化がないので拭《ふ》いたままの濡《ぬ》れ髪で風呂場を出る。

リビングに戻ると唯子が目をしばたたいた。

「パジャマに着替えてくればよかったのにー。窮屈でしょう？」

「いや、まだ時間早いし、よそんちでだらけすぎかと思って……。上は着替えさせてもらったよ、さっぱりした」

「大神さんたら生真面目《きまじめ》なんだから」

くすくす笑いながら唯子がソファを立つ。

「私もお風呂入ってきます、テレビとか適当に観てて」

唯子がリビングを出ていくと、階段を駆け上がっていく軽い足音が聞こえた。部屋は二階のようだ。

……やっぱり慣れてるのかな。

それならこっちもそのつもりでよかったり……？

唯子が二階から下りてくる足音を聞きながら、大神は悩ましい命題に振り回されていた。

風呂場のほうからドライヤーの音がしてきたので、そろそろ上がってくるなと待ち受けた。

白状するが、緊張している。付けっぱなしのテレビもろくに観ていない。

もう聞き慣れた唯子の軽い足音が近づいてきてリビングのドアが開いた。

ソファから振り返ると、唯子は色柄、デザイン共にいかにも女の子っぽいパジャマを着ていた。

「私は自宅なのでだらけさせてもらいました」

いたずらっぽく笑った唯子がキッチンへ向かった。冷蔵庫から出してきたのは、白ワインの瓶と何やら皿が一枚。

皿はリビングのテーブルに置かれてからクラッカーにチーズなどを載せたつまみと分かった。

「残り物を適当にアレンジしただけですけど」

そんなもん腹に入れれば一緒だ、という男子校ノリの文化からかけ離れた繊細な小技に目眩《めまい》がする。

唯子はグラスを三つ持ってきた。

「友達、二人くらい来るって設定なんです」

言いつつ小さく舌を出す。

ワインのコルクは大神が開けた。

「やっぱり男の人って力があるんですね！　女の子同士だと開けるの一苦労なんですけど」

「いや、ちゃんとした道具があるから」

唯子の持ってきたワインオープナーは造りからして高価なことが分かった。

【機研】の飲み会では力任せに使った百均のワインオープナーが壊れてドリルで栓を開けようとしたところ、ドリルが瞬《また》く間にコルクを貫通してワインがコルク屑《くず》だらけになった。茶漉《ちゃこ》しでワインを漉しながら飲む羽目になり、それ以来【機研】の飲み会でワインは禁止されている。

その話をすると唯子は「何それー」と笑い転げた。

「男の人ってときどき信じられないようなことしますねー！」

ワインをグラス二つに注いで、大神は少し考えてアリバイ用の三つ目のグラスにも申し訳程度にワインを注いだ。ちょうど飲み残しに見えるくらい。

唯子は上目遣いで大神を窺《うかが》って、共犯者のように小さく笑った。

やばい、理性飛びそう。大神は何気なく唯子から目を逸《そ》らした。

ワイン三杯目で唯子の頬が桜色になった。

何杯目で唇が重なったかは覚えていない。最初は軽く、――そして激しく。いつの間にか舌が絡《から》んだ。唯子の舌はぎこちなく、それが逆にいろんなものをそそった。

唯子のほうは酔いも回っているせいか息遣いの合間に漏れる声も色っぽく——これで、この状態で、ここで止まれたらそれはもはや男じゃない。何か別のイキモノだ。

「……唯子っ」

重ねた唇の隙間《すきま》で熱っぽく囁《ささや》いて、大神はソファに唯子を押し倒した。

「えっ……？　あ、」

戸惑ったような唯子の声の合間で、首筋に唇を下ろした。唯子の肩が吸われたほうでびくんと跳ねる。高い喘《あえ》ぎ声が上がった。

自分の喘ぐ声に驚いたように、唯子が肩を縮めて首筋を閉じようとする。そこだけ守っても他がお留守だ。大神はパジャマの裾《すそ》から手を入れて胸を探った。邪魔なものを着けている。

「や、だめっ……」

煽《あお》っているとしか思えないような喘ぎ声でストップなんか掛かる訳がない。ブラの下から指を潜らせると唯子の体がまた跳ねた。

胸を守ろうとしてまた空いた首筋を吸う。だめと言いかけた声がまた途中で喘ぎ声に変わった。

何だ、この反応。翻弄《ほんろう》されるがままのような。まるで——

初めてみたいな。

だが、だからといってこっちももう止まれない。唯子がまた跳ねて腰が浮いた瞬間に緩いパジャマのズボンを膝まで引き下ろした。

「あっ、いやっ！」

唯子の声が鋭くなったが、大神の指のほうが先だった。下着の上からでも中が滑るほど濡れていた。

どきりとするような感触に一瞬動きが止まった隙に、──思い切り突き飛ばされた。

不意を衝《つ》かれて後ろに尻餅《しりもち》を突く。

「……も、嫌ぁ……」

その泣き声が一瞬で萎《な》えさせた。

唯子はソファにかかっていたファブリックで足を隠している。

もう嫌。──どこまでならＯＫだったのか、そのラインが分かるほど大神も大人ではなかった。

「ご、ごめん、俺……」

起き上がって唯子に触《ふ》れようとすると、唯子は怯《おび》えたようにソファの隅まで逃げた。

華奢《きゃしゃ》な体を小さく強《こわ》ばらせて。──これは痛い。

伸ばした手は結局唯子に触れずに引き戻した。

「やだ、もう。全然やめてくれないし。どうしてこんなことするのぉ」

泣きながら訴える唯子に答える言葉はない。どうしても何も。

付き合ってる女の子に親がいないから泊まりに来てなんて言われたら、大抵の男はOKだと思うと思います。

「……じゃあ、唯子……さんは、どうして今日泊まりに来てって言ったの」

「大神さんと夜更《よふ》かししたり……人目気にせずにキスとか、いちゃいちゃしたり」

唯子は大神から目を伏せたままでまた問いかけた。

「……どこまでしちゃうつもりだったの」

「ごめん」これごめんって言うようなことなのか？　とは思いつつ「唯子さんが止めなかったら最後までしてたと思う」

「初めて泊まりに来て最後までしちゃうのって普通なの？」

あー……ここにも白蘭の白蘭たる所以《ゆえん》があったか。

大神は思わず天井を仰いだ。

だって俺たち付き合って三ヶ月目になるのに。お預け食らわせてた犬に「よし」って言うようなもんだ。

ちゃんと避妊も考えてました、などと言ったら唯子は逆に打ちのめされそうである。

もうやだ、と唯子は抱えた膝に顔を伏せた。

「大神さん、恐《こわ》い」

泣きながらこれを言われたらもう最後通牒《つうちょう》だ。

分かった、と大神は立ち上がった。唯子がまたかすかに体を竦《すく》ませる。

「俺、帰るよ。戸締まり気をつけてな」

リビングを出るとき、唯子が竦まない距離から声をかけた。

「恐がらせてごめん。でも好きだったよ。今までありがとう」

靴を履いて玄関を出る。正直に言うと、唯子が引き止めてくれないかといじましく期待した。

だが、玄関のポーチを出るまでに二重ロックが両方とも音高く掛かった。

大神は猫背気味になって駅のほうへと道路を歩き出した。

＊

「日曜の朝っぱらからあの人はもう……」

元山が愚痴をこぼしながら部室へ向かっているところに、後ろから「おーい」と声がかかった。池谷である。

池谷が追いつくのを待ち、並んでクラブハウスへ歩き出す。

「お前も上野さんの招集？」

尋ねると池谷も眠そうに答えた。

「メールだから気づかない振りで無視してたら電話で叩《たた》き起こされた」

「何だろなー、休みの日くらい安らかに過ごさせてくれよなー」

ぶつぶつ言いながらクラブハウスの二階へ上がり、元山がドアをノックする。

「元山、池谷来ましたー」

「おーうお前らがトップ到着か！　入ってこーい！」

朝っぱらから元気いっぱいでうざいくらいの上野の声が出迎える。部室に入ると、むっとする程のアルコール臭が籠《こ》もっていた。

「何なんですか、非常呼集って」

「その答えはあそこにある！」

上野がげらげら笑いながらロフトを指差した。

「……大神さん？」

ロフトの隅っこで奥の壁に向かって三角座りをしているのはどうやら大神である。

「他の奴《やつ》らにも招集かけてあるから、お前ら今のうちに酒買ってこい！」

言いつつ上野が太っ腹に万札を一枚切った。

「本日は大神副部長の失恋を励ます会を執り行う！」

「ええっ！　大神さん白蘭の彼女と別れちゃったんですか⁉」

元山！　と池谷に袖《そで》を引かれ、元山は慌《あわ》てて口を押さえたが、上げてしまった声は戻ってこない。大神にまとわりついている重たい空気が一層重力を増したようだ。

対して上野は面白がっているとしか思えないほど軽い。

「いやー、俺が昨日部室に泊まり込みのつもりで銭湯行って帰ってきたら、こいつがいるんだよ。どうしたのかと思ったら『振られた』ってヤケ酒に付き合わされて、管巻かれた巻かれた」

「でもあんなにラブラブだったのに……」

元山が思わず呟《つぶや》くと、上野が笑いながら答えた。

「両親がいないからうちに泊まりに来て、って語尾ハートマーク付きで呼ばれていざ押し倒したら『いやっ！　そんな恐い大神さんキライ！』って突き飛ばされたあげく振られたそうだ！」

「そりゃ反則ですねえ」

池谷が気の毒そうに頷《うなず》くと、大神がロフトから身を乗り出して喚《わめ》いた。

「それを一回生に晒《さら》すお前も反則だ、上野ッ！　お前にあんな話をするなんて昨日の俺はどうかしてた、畜生ーッ！」

「どーせそのうちバレるんだから、腫《は》れ物に触るように扱われるより一気に公開したほうがマシだって！　厄払いでパーっと飲み会付き、何て友情に溢《あふ》れた俺！　そんな時代錯誤なお嬢さまこっちから願い下げにしちまえ、めんどくせえ！」

そんなわけで、と上野は元山と池谷を振り向いた。そして囁く。

「吐かすだけ泥吐かして潰《つぶ》す。強い酒買ってこいよ」

頷いた元山と池谷は上野から万札を受け取って部室を出た。元山はちらりと池谷を窺った。

「……友情、かな？」

「友情だろ。……多分」

多分が付くところが甚だ怪しいが。

そして二人は買い出しに出かけた。

日曜日を丸一日潰すことになった飲み会で、大神は伝説的な崩れ方をした。

「煽るだけ煽ってお預け食らわすばっかりのお嬢さまってな何様だ！　二十歳の普通の男ならやりたい盛りに決まってんだろうが！　それでも俺は二ヶ月以上も我慢したんだ、立派なもんだろうが！　そんなに普通の男が恐いなら、親に血統書付きチワワみたいな男でも買ってもらって付き合いやがれ――――！」

日頃の大神からは到底考えられないような下品な罵詈《ばり》雑言は飲めば飲むほどヒートアップしてとどまるところを知らなかった。

＊

「それはひどい！　それは女の子のほうがひどいわ、とんでもないカマトトだわ！」

彼女は憤然として白蘭のお嬢さまを糾弾した。

「いっくらお嬢さま学校でも、大学の二回生ならもう成人でしょ？　親がいないとき狙《ねら》って彼氏引っ張り込んどいてそれはないわ！　大神さん、その子と長続きしなくてよかったわよ。天然の悪女よ、そいつ。なーにが『恐い』よ、本当のお嬢さまなら親がいない隙に男を泊まりで引っ張り込むなんてそもそもしないってのよ」

やっぱり男も女も同性に対しては評価が厳しいなぁ、と彼は苦笑した。当時の男子学生たちは「でも白蘭のお嬢さまなら仕方ないか」と結局そっちへ意見が流れていたものである。

彼女は彼の学生時代のアルバムと披露宴のアルバムを見比べた。

「わー、学生の頃とほとんど変わってないのね。上野さんもだけどあなたの先輩って若いなぁ。今は大神さんって何してるの？」

「ああ、もうこの人は順当すぎるくらい順当に予想通り。子沢山で子煩悩《こぼんのう》なパパだよ。奥さんもいい人だし美人だし。個人的にはその白蘭のお嬢より当たりだと思うよ」

「ならよかった。いいのよ、どうせその白蘭のお嬢みたいなのは自分に都合のいい男を手練手管でモノにするんだから。わざわざ庶民レベルに降りてきて貴重な男資源を引っこ抜かれちゃ困るのよ」

「俺も資源？」

「あたしにとってはね」

彼女は彼の頬に軽くキスをした。

「ね、他の話は？」

うーんと彼は首をひねった。

「そうだなぁ、学祭の話は外せないかなぁ……」

資金
装備
ともに万全。
お店の子の名にかけて。
さあ、ミッションインポッシブれ!
第3話
三倍にしろ!
—前編—

大学特有の長い夏休みを、【機研】は合宿や全国規模のロボットバトル大会などで過ごした。

＊

そしてそんなドタバタの中で、大神の失恋の傷も取り敢《あ》えずは癒《い》えた秋口である。

【機研】全部員が部室で車座になったその中央に置かれたのは、万札の束だった。

一枚や二枚ではなく、それなりに厚い。学生の身ではそうそうお目にかかることのない厚さだ。

置いたのは上野である。

「う、上野さん……」

長い長い沈黙の後、かすれた声で口を開いたのは元山だった。

「ん？」

常になく真剣な視線で元山を見据えた上野に、今度は逆方向から池谷が声をかけた。

「……とうとう、やっちゃったんですか」

「は？」

怪訝《けげん》な顔をした上野にまた別の同期がほとんど涙ながらに言う。

「どこの金庫を破っちゃったんですか⁉　大学内なら自首すれば校内処分で済むかもしれませんよ！」

「だーっお前ら！」

上野が片膝《かたひざ》立ちになって怒鳴った。

「俺が大金出したら犯罪に直結か⁉　俺を一体何だと思ってるんだ！」

「上野だと思ってるんだろ」

さくっと突っ込んだのは大神である。

「お前はいつダークサイドに惹《ひ》かれてもおかしくない言動の男だからな」

「舐《な》めんな！　俺がダークサイドに落ちるとしたらこんな小金で満足するか！」

怒るポイントが決定的に常人と違う上野に後輩たちがますます深刻な顔になる。

「ちょっと触っていいですか」

言いつつ元山が札束を手に取り、慣れた手付きで数えはじめた。家で会計の手伝いもしているので金の扱いには慣れている。

「おい元山、手袋とかしたほうがよくないか⁉　指紋がついたらお前も……」

「だーから犯罪がらみの金じゃねえっつーの！」

上野が指紋云々《うんぬん》を言った後輩の頭を思い切りはたいた。

「二十七、二十八、二十九、三十⁉ 三十万⁉」

数え終わった元山が声を上げると周囲も一斉にどよめいた。

「上野さん、合宿だの部室でうだうだの、夏休み中でこんな大金手にできるような大掛かりなバイトしてませんでしたよねぇ⁉」

「大神っ！ 笑ってないでいいかげん説明しろっ！」

声を殺して笑っていた大神がようやく真相を明かした。

「心配しなくていい、これは部費だ」

「部費⁉ 三十万も⁉」

そんなに驚くほどの額でもない、と大神は内訳の説明を始めた。

「まず、文化系のクラブには学校から毎年三十万の部費が出る。まあそれは部の年間活動費だからここでは出さないけど、部員で積み立ててる部費があるだろ」

【機研】では月五百円だ。

「お前ら九人×四月からの七ヶ月で三万千五百円。俺と上野が一年分で一万二千円。それから、四回生も卒業までは部費援助の義務があるからこれも八人×一年分で四万八千円」

「合計……九万千五百円ですか」

「お、さすがにお店の子は計算が速いな元山」

上野が元山の髪を手荒にかき回す。

「でも残りの二十万以上はどこから……」

池谷の質問には上野が答えた。

「去年の学祭の売上げの残りだ」

ええぇっと今度は別の意味で後輩たちがどよめいた。

「大学の学祭ってそんなに儲《もう》かるんですか⁉」

「いや、待って」

元山はその興奮を手で制した。

「純利益でそれだけ残ってるってことは、売上げはそんなもんじゃない」

「おー、やっぱお店の子だ」

上野が大神のほうを見て笑った。大神も満足そうに頷《うなず》き、珍しく変化球を元山に投げた。

「学祭の模擬店用の経費に毎年三十万を取り置いて、残りの売上げを年間の活動費に回してるんだ。経費三十万の飲食店ってどれくらいの規模の商いか分かるか？」

「人件費は当然ゼロですよね……この人数タダで使えて、学祭なら場所の善し悪しはあるとしても地代も当然タダ、税務署への申告義務もないし、それで商うのが食い物だったら……」

元山が途中で愕然《がくぜん》とした顔になった。

「毎年三十万突っ込んでるのがホントなら、うちの店の一ヶ月の売上げより全然いいです」

「元山、それってどんくらい⁉」

同期の連中に迫られ、元山は控えめに計算した数字を述べた。

「最低でも……総売上げ五十万か六十万は……」

「はっはっは、甘い甘い！」

上野がチチチと指を振った。そしてその指を三本にして前へ突き出す。

「三倍だ！」

不敵な笑みで宣言が補足される。

「この三十万を学祭の五日間で三倍にする！　それが我が【機研】の模擬店だ！」

「ええ――――――――――ッ！」

そもそも十万単位の金に慣れていない自宅通いの一回生の動揺は大きかった。

「さ、三倍って、ほとんど百万になっちゃいますよ！」

「どうすればいいんですか、三倍ってこの三十万を赤く塗ればいいんですか⁉」

まともな質問を発したのは元山と池谷だけだった。

「模擬店の内容は何ですか？　それと商品の値段は」

「場所はもう決まってるんですか？」

前者が元山で後者が池谷である。元山の質問に答えたのは上野だ。

「模擬店は伝統的にラーメン屋。しかも、スープから作る本格派。ラーメン売ってるのはうちだけだから、毎年人気なんだよな。基本が四百円で、トッピングはコーンとワカメとチャーシューともやし。で、トッピング増量は一種類五十円。一番高いのがチャーシューメンで五百円」

「人件費と地代ゼロの強みだなぁ～」

元山は本気で唸《うな》った。母親の店だと四百円で出せるラインナップは飲み物とケーキがそれぞれ数種類だけである。

池谷の質問に答えたのは大神だ。

「場所が決まるのは学祭の十日前だけど、うちは必ず正門までのメインストリートで水道引けるいい場所が取れる」

「去年の売上げ実績が反映されるんだ。場所取って形だけ模擬店出して、自分たちが遊ぶ基地にするような不届きな奴《やつ》らも多いからな。【機研】はこの十年間、売上げで一位を譲ったことはない。それと……」

大神はややばつが悪そうに顔をしかめた。そしてちらりと上野を眺める。

「必ず、というのは？」

「……上野の裏技も多少あるかな」

上野が耳聡《みみざと》く聞きつけて話に割り込む。

「場所決めに許可を出すのは事務局長だからな。俺、事務局長にはちょっと顔が利《き》くのよ。だから部費の通帳の保管も事務局の金庫借りてるし」

「……もしかして事務局長って上野さんに何か弱味とか握られてたり」

池谷が窺《うかが》うと、大神が沈痛な表情で深く頷いた。

弱味の内容が何かは訊《き》くまい、と後輩たちは敢えて触れずに終わらせた。

＊

成南大の学祭はひねりも何もなくそのまま「成南祭」と呼ばれる。

十一月上旬の連休に引っかけて、準備の一日を含めると後夜祭まで六日間ぶっ通しで行われるこの成南祭は、ほぼ男子校ならではの無茶な熱気が近所に伝染するのか、毎年それなりの盛況を誇る。一応は全国区のアイドルやタレントを招いてイベントを行ったりと、学祭執行部の尽力もあるだろう。

また、鮭《さけ》のように学祭には戻ってきて顔を出すOBも多いという。

そんな学祭の準備日を前に、模擬店の場所割りが発表された。

「……んだとぉ――――――――――――――――ッ!?」

場所割り表を見て怒声を上げたのは上野である。

「事務局長、何のつもりだ！　今から浮気写真ばらまかれてーのかオッサン！」

ああ、やっぱり弱味はそっち方面だったか。後輩たちは一様に溜息《ためいき》を吐《つ》いた。

そして息巻いた上野を止めたのは表を受け取ってきた大神だ。

「待て。事務局長のせいじゃない」

「じゃあ何だよこの場所割りは！」

表の中で、一等地のメインストリートの中央に二軒分のスペースを確保しているのは【機研】だ。模擬店内容はもちろんラーメン屋、『らぁめんキケン』。

問題は同じストリートの斜め向かいにもう一軒名称未定でラーメン屋が登録されていることだ。そちらは一軒分のスペースだが、ほとんど向かい合わせにラーメン屋が配置されるなど前代未聞《みもん》の事態であるという（去年までラーメン屋は【機研】一店だったので当然といえば当然だが）。

大神が事情を答えた。

「PC研のねじ込みだ」

「PC研だと⁉　あいつらまだ懲《こ》りてねーのか！」

上野の怒りの矛先が事務局長から逸《そ》れた。

「PC研って何ですか？」

後輩の一人が尋ねる。一回生たちはそれがクラブハウスの一階に部室がある部活の一つとしてしか認識していない。

上野が吐き捨てるように答えた。

「プログラム研究とか銘打って、実際はエロゲームだか何だか自作して通販で荒稼ぎしてるヤクザな部活だよ。学校に報告する研究発表はどっかのフリーウェアを丸パクしてちょっとアレンジしたようなプログラム提出してるだけだ」

上野がヤクザなどという表現を使っても五十歩百歩という感じがしないでもないが、

これほど怒っている上野も珍しく、後輩たちから余計な突っ込みは入らなかった。

「うちとはちょっと因縁があってな」

大神が補足する。

「別にエロゲームを作ろうがそれで稼ごうが勝手にしてくれりゃいいんだが、クラブハウスの公共設備を使うマナーが悪くてな。何だ、そのゲームの在庫？　の段ボールが部室に入らないからって廊下に積んで、どんどんはみ出させたり。限定品のアニメポスターだかを貼《は》る場所がないからって廊下の壁に貼ったり……他の部活にも多かれ少なかれオタクはいるし、うちもエロだのアニメだの観《み》ないわけじゃないけど、嗜好《しこう》品《ひん》は部室の中で管理鑑賞ってのがルールだからな」

「いや、そのマナーの悪さは同じオタクとして許せません！」

挙手して発言したのは、部室にちょくちょくアニメのＤＶＤボックスだの何だのを持ち込んで鑑賞会をやる奴だ。新作旧作に拘《かか》わらず、おもしれー、と【機研】ぐるみではまった作品もあったので、見る目はそれなりにあるのだろう。

「そういう奴がいるからオタクが世間から白い目で見られるんです！　それと服装！　真夏に饐《す》えた汗の臭《にお》いさせせんじゃねえ、清潔感を保て、デオドラントスプレーくらいしろ！　不潔な奴はロン毛にするなー！」

「分かった、お前の主張は分かったから！」

周囲の一回生がよってたかってそいつを黙らす。

そして大神の説明が再開された。

「うちは上野はちょっと異色にしても代々硬派だったから、クラブハウスを代表して真っ向抗議して、そういうことをやめさせたそうだ。どうやらそのときに向こうから一方的に確執が発生してな。俺と上野が一回生のとき向こうの三回生が乗り込んできて部室を交換しろって迫ったんだよ。うちはほら、ロフトもあって収納スペースも多いし、『快適空間』の充実に努めてきた部室だしな。そんでまあ……」

大神がちらっと上野に視線を投げる。

後輩たちは一様に納得の様子を見せた。

「最終兵器・上野発動、ですか……」

「まあその頃はまだ今の四回生が三回生だったから、そっちでケリつけてもらってもよかったんだけどな。どうせ当時の二回は幽霊だったたし、いずれ俺と上野だけでPC研と渡り合わなくちゃならなくなるから。向こうも俺と上野しかいないときを狙《ねら》って乗り込んできたしな」

そして上野が口車で【機研】一回生三名対PC研会員十二名での決闘に持ち込んだ

という。

【機研】が勝ったら部室に二度と手を出さないこと、ただしPC研が勝ったら部室交換に応じる。

「……それ、めちゃくちゃ条件が平等じゃないうえに【機研】が勝ってもPC研からのメリットないじゃないですか」

珍しく顔をしかめた池谷に、上野がけろっとした顔で答えた。

「あいつらに勝って何もらえって？　自作エロゲでも差し押さえるか？　アホらしい。俺たちとしてはうざい奴らが絡《から》んでこなくなればそれでよかったんだよ。それに現代兵器を操る俺と武闘派の大神だからな。運動不足のPC研ごとき六倍じゃハンデにもならねえよ」

「ちなみに武闘派・大神は何を……」

尋ねた元山に、大神は言い渋ろうとしたが上野がちゃらっとばらした。

「子供の頃から空手だよな。もう辞めてっけど黒帯だろ？」

「……言うな！　素人《しろうと》殴ったなんて親父《おやじ》に知れたらえらい目に遭う」

大魔神にも恐いものはあったらしい。意外と微笑《ほほえ》ましい弱点に場が和んだ。

「素人でもバットで殴りかかってきたら暴徒だろ。正当防衛だと思うぜえ」

「まあ、お前の作ったロケット花火装塡《そうてん》の改造エアガンもえげつなかったけどな」

どうやら決闘の概要は知らぬが華らしい。

「いや、勝利を懐古してる場合じゃねんだよ」

上野が我に返ったように場所割り表を引ったくった。

「PC研が何をねじ込んだって⁉」

「最初は唐揚げで申し込んでたんだけど、急にフライヤーが調達できなくなったからラーメンに変更させてくれって。どうせ場所割り見てから思いついた嫌がらせだろうけどな」

「にしても、去年まで一人勝ちだった品目でライバル店ができるのは痛いですよ」

元山が話に参加した。

「【機研】の評判がどれほどのものか俺らには分かりませんけど、店が二つあったらやっぱり客は割れます。【機研】のラーメンってどれほどの味なんですか？」

元山の質問に上野と大神は困ったように顔を見合わせた。そして上野がしかめ面で頭を掻《か》く。

「どれほど……って言われてもなぁ」

「一応の手順はあるけど、正直作ってみるまで分からないって感じだ。学祭で素人が出すんならこんなもんだろってレベルは保ってると思う。値段も安いしな」

　大神が率直に答えた。

「ただ、どうした拍子か分からんが、学祭中に一日か二日『奇跡の味』が出るんだ。これならその辺のラーメン屋より旨《うま》いぞってくらい。それはちょっと伝説になってて『奇跡の味』が出たら放送ジャックして宣伝をかける。そのときの売上げはちょっとすごい」

「でもあくまで偶然任せなんですね」

　冷静に指摘した元山に同期たちがざわついた。大神が「そうなんだ」とうなだれたのである。大神が後輩をうなだれさせることは数え切れないほどあるが、後輩が大神をうなだれさせるなどそのときが初めてだった。

「それじゃ駄目です。偶然に頼ってて、しかもライバル店がいるんじゃ元手は三倍になりません。初日から『ちょっとした味』を出してそれを売りにしないと。そのうえで『奇跡の味』が出たら言うことないですけど」

　レシピ教えてもらえますか、という元山の問いにはやはり大神が答える。

「味は醬油《しょうゆ》と豚骨の二種類で、タレ二種類はツテでプロの店から分けてもらってる。麵《めん》は製麵所で一日分ずつ買い切り。タレを割るスープだけ自作で鶏《とり》ガラスープ」

「材料は？」

「鶏ガラの他に何か要るのか？」

元山がじろっと上野を睨《にら》んだ。

「誰ですか、こないだスープから作る本格派とか言ったのは」

「えー、鶏ガラぐつぐつに煮込むんだぜ、本格派じゃねえ？」

「プロからタレ分けてもらってて『こんなもん』な味しか出ないわけですよ！　野菜が全ッ然入ってないじゃないですか！」

「えー、ラーメンのスープに野菜なんか入れんの？」

「定番モノがいくつもあるでしょうが！　ショウガにニンニク、タマネギ、長ネギ、キャベツ、ニンジンくらいは基本でしょ！　魚介はバランス見ながらだと思うけど、コンブくらいは入りますよ、多分！」

「おー、さすがお店の子」

拍手した上野が元山の両肩をがしっと摑《つか》んだ。

「今年の模擬店の店長にお前を任命する」

「は⁉」

「明日さっそくタレ二種類を手配するから、お前は本番までにスープを完成させろ。

できれば来年以降のためにレシピもちゃんと作ってほしいな～」

「何ですかいきなりこの料理マンガ展開！　ていうかスープ試作ってどこで！」

「お前んち。店なら本格的な厨房《ちゅうぼう》あるんだろ？」

「人んちの店をナチュラルに当てにしてるヒドイ人がここにいる！　うちの店は主婦層メインの喫茶店ですよ、それを鶏ガラ臭に染めろと！」

「うるせえ、クラブハウスで試作なんかしてたらPC研に味パクられるだろうが！」

上野が強権発動しようとしたとき、池谷が手を挙げた。

「そういうことならウチのアパートの台所使っていいですよ。同じ学校の奴は入ってませんし」

「よーし、命拾いしたな元山」

「暴君だ！　この人暴君だ！」

「はっはっは、バカだな元山」

上野がにっこり笑って元山の肩に手を置いた。

「今までそうじゃないとでも思ってたのか？」

「確信犯だー！」

泣きを入れた元山をなだめたのは大神である。

「泣くな。お前が入部してきた頃から学祭では戦力になりそうだなって話してたんだ。お前、一回誰かのコーヒー淹《い》れると必ずそいつの好み覚えてただろ」

「え、十人そこそこしかいないうえに顔見知りばっかりなんだからそんなもん一発で覚えますよ、普通」

普通じゃねえよ、という突っ込みは多方面から入った。

そしてまた上野が口を開く。

「そんなわけでお店の子には接客マニュアルも作ってもらう。それと、ライバル店がいる状態で元手を三倍に増やすアイデアないか」

「そんな次から次へ、ドラえもんのポケットじゃないんだから！」

悲鳴を上げながらも元山は学祭のスケジュール表を睨んだ。

「……この準備日ですけど、この日はどんな感じなんですか？」

「この日からもう授業ないからな。昼過ぎくらいからみんなダラダラ集まって模擬店の屋台組んだり仕込みしたり。夜は前夜祭で軽音部がライブやるから盛り上がるし。他《ほか》の部もそんな感じだな、ダラダラ徹夜も遊びのうちっつーか」

上野の答えに元山はぬるい、とスケジュール表を叩《たた》いた。

「うちはこの準備日からを営業日にします。朝から動けば、よその部が準備を始めるまでに屋台も仕込みも間に合いますね？　そしたらライブ客にも売れるし、準備中のよその部にも間食や夜食として売れます」

それはいい手だな、と大神も頷《うなず》いた。

あっ、じゃあ、と他の奴《やつ》が手を挙げた。

「出前とかどうですか？」

「それだ！」

上野が言い出した奴を指差した。

「校内のどこへでも何時でも出前します！　売りはそれだな、どうせ店は二十四時間営業だし」

初耳の情報に後輩たちが「ええっ!?」と大声を上げた。

「ああ、言うの忘れてたな」

大神の保証が入り、後輩たちの悲鳴が一段高くなる。

「一日三交替制で二十四時間勤務だ。コアタイムは十一時から二十三時、この時間は全員が揃《そろ》うシフトにしてある。麺が売り切れたら店じまいだけどな」

「お前ら学祭の六日間は家に帰れると思うなよ」

上野が容赦なくとどめを刺す。

「ところで出前の件ですけど、校内どこへでもと言っても校内は広いですよ。出前の途中で麺が伸びることも……」

池谷の質問は早くもすべてを受け入れて淡々としている。

偏差値はほどほどだが歴史だけは古い成南大は、地価が安い頃に開校しているので敷地の広さは県内随一を誇る。第二キャンパスを持つような大学にも、総合面積では勝つくらいだ。

「よし、出前用のおか持ち付き自転車を二台作製することで対処するものとする！金属加工の腕に覚えありという者は手を挙げろ！」

「基本的なところくらいなら……」

数人が手を挙げたが、そのうちの一人が首を傾《かし》げる。

「でも、おか持ち付き自転車二台なんて金がかかるんじゃないですか？」

「どこに金がかかんだよ」

素で上野に訊《き》き返されて後輩たちは一様に怪訝《けげん》な顔になった。

「おか持ちの材料なんか廃材倉庫を漁《あさ》ればサスまで揃うぜ」

「え、でも自転車……」

「お前ら何人か自転車で通ってる奴いたろ。元山とか」

「ちょっと待ってえぇぇ！」

元山は心の底から悲鳴を上げた。

「俺の自転車めちゃくちゃマウンテンバイクですよ、荷台とかついてませんよ！」

「大丈夫、付けてやるって」

「大丈夫、じゃねえー！」

力強く肩に置かれた上野の手を元山は思い切り払いのけた。

「付けんな！　もはや学年差に叛旗《はんき》を翻《ひるがえ》して主張しますが付けんな！」

「心配すんなよ、学祭終われば外してやるから」

「当たり前のことを恩着せがましく言うなー！」

「仕方ねえなぁ、もう」

「おかしい、どう考えてもおかしい！　仕方ねえのはあんただよ！」

「元山が荷台も付いてないような使えねえ自転車乗ってっから自転車調達しに行くぞー」

「使えねえとか言うな――――！」

元山の抗議は蛙《かえる》の面《つら》に水と流され、上野はしれっとした顔で腰を上げた。

上野が先頭に立って目指したのは学生たちの自転車置き場――の一番隅である。

屋根の切れたスペースに風雨にさらされて錆《さ》び放題の自転車が各種放置されている。きちんとスタンドで停まっている自転車はほとんどなく、倒れたものが積み重なっているような状態だ。

学内で「チャリの墓場」と呼ばれる一画である。地方から入学した学生の中には、下宿で自転車を買ったはいいものの、卒業時に古びたものを処分、または実家へ送ることを面倒くさがり、卒業式を最後に学校に放置していく者もいる。その捨てられた自転車の吹き溜《だ》まりがここだ。

「ここで用途に合致する車体を探す！　形状は荷台付きママチャリ、修理可能物件！当然フレームからいかれてるようなものは除外とする！　タイヤは二十六インチ以上が望ましい！　以上、かかれ！」

総員十一人がかりで、自転車の墓場の発掘が開始された。ほとんど山になっているので、まず選ぶ前に下ろして並べていくところから始まる。

「まったく、元山がMTB《マウンテンバイク》なんか乗ってやがるからこの手間だ」

「まだ言いますかあんたは！」

「元山、上野がおもしろがるだけだからもう触るな」

大神に制されて元山は内心不満ながらも口を閉じた。

二十台ほど下ろしたところで、条件に合致し程度もまあまあの物が二台見つかった。決め手はタイヤがそれほど劣化しておらず、パンク修理だけでごまかせそうなことである。

「これで錆落として塗装すりゃ上等だろ、持って帰るぞ！」

下ろした自転車をまた積み上げて、完全に空気が抜けた錆び錆びのオンボロ自転車を持ち帰るのはもちろん後輩の役目である。

「押して歩くなよ、タイヤとホイール傷《いた》めるからな」

と、命令する部長は気楽でいい。部員たちは一台を数人がかりで担《かつ》いで運ぶ羽目になった。

獲得した物資はクラブハウスのそばの塀にもたせかけて、二台をチェーンロックで繋《つな》いで貼《は》り紙をする。

『【機研】物資につき移動禁止』

【機研】に盾突いたら盾突いたなりの報復があることは学内中に知れ渡っているし、モノが廃品寸前のママチャリとくれば手を出す奴もいないだろう。ユナ・ボマー上野と大魔神を敵に回してまで手に入れたいような物品でもない。

そして翌日から部を二手に分けて、おか持ち付き自転車の作製とラーメンスープの試作が開始された。

＊

翌日、上野は宣言通り封を切っていないプロ用のラーメンダレを調達してきたが、寸胴鍋《ずんどうなべ》を前に一人突っ込んだのは元山である。

「二手に分けてって一人と十人じゃねえかよ！」

問題は調理環境のほうだった。

元山は池谷の下宿によく遊びに行くので知っていたが、池谷の自炊といえば、

・炊飯器で飯を炊いて瓶詰めの類《たぐい》でかき込む。

・袋ラーメンを作って卵を落としてかき込む。気が向けば野菜の切れ端くらい入る。

この二つが主流で後はフライパンで何か炒《いた》める程度なので、とにかく道具がない。

手具に至っては元山の知る限り、これより切れない包丁は知らんというほど切れ味の悪い包丁とおたま、フライ返しくらいのもので、菜箸《さいばし》すらない。

そんなわけで、道具は【機研】のものを池谷の下宿に持ち込んで使うことになった。

各部活や研究会には共用の大倉庫があり、【機研】は学祭関係の物資はそこで保管しているという。ちょっとした体育館並みのその倉庫で【機研】のスペースには確かに本格的な寸胴鍋が三つとコンロを始めとして、元山が満足できるだけの調理器具が揃っていた。

寸胴鍋を一つとボウルをいくつか、包丁と砥石《といし》、その他調理道具を段ボールに入れ、預かったラーメンダレ二種類は寸胴鍋の中にしまった。

元山の自転車は「荷台も付いてないような使えねえ自転車」なので（昨日の今日でまだ元山は根に持っている）、段ボールは徒歩で運んだ。池谷の下宿が学校から近くて助かった。

池谷に預かった合い鍵《かぎ》で部屋を開けて荷物を玄関先に置き、次は買い出しである。

自炊スキルがほとんどない池谷には宝の持ち腐れだが、歩いて数分の距離に商店街があるのでそこに出かけた。

試作にどれほど材料を使うか分からないが、見当をつけた野菜を全部で一箱分ほど買い込む。一旦《いったん》池谷の部屋に戻って買い物を放り込み、二度目の買い出しでは肉屋で鶏《とり》ガラを五羽分、そして乾物屋で昆布と煮干しを買った。鰹節《かつおぶし》を回避したのは、相当慌しいらしい模擬店で鰹ダシを取るのは不可能だろうという読みからである。

ダシの素《もと》なら昆布ベースだろうが煮干しベースだろうが鰹ベースだろうがお手軽に選び放題だが、味の責任を持つ立場を押しつけられた以上、楽に流れるのは「お店の子」のプライドが許さない。

試作に使った金は後で精算ということなので領収書を取る。と、肉屋の親父《おやじ》に「お、兄ちゃん【機研】かい？　今年の『奇跡の味』は何日目に出るのか教えてくれよ」とからかわれた。有名なことは有名らしい。

「鶏ガラはすぐにダシが出ちまうから気をつけろよ！」

気のいい親父のアドバイスを受けてまた部屋に戻る。

窓を開け放し、換気扇もガンガンに回して元山は一人寂しく作業に入った。今ごろ学校のほうじゃみんなで楽しくやってんだろなー、などと想像するとさらに寂しく、寸胴鍋を話し相手にしている次第である。「今どき砥石で包丁研げる男子大生なんてそうはいないぞ」と空《むな》しく自画自賛してみたり。

試作でスープをいちいち鍋一杯に作るわけにもいかないので、ひとまずは鍋に半分程度の湯を沸かしたものの、

「この鶏ガラってスプラッタ以外のナニモノでもないよな……」

ボウルに積んだ鶏ガラの山を見つめる。上野はこれをそのまま湯にぶち込んでアク

を取りつつ煮込むなどと言っていたが——これ、下処理とか要るんじゃねえ？　微妙に疑いながら一羽分の鶏ガラを鍋に放り込む。

「ちょ、いきなりすごい濁るんですけど！」

噴き出るアクもすごい。湧《わ》いて出るアクをせっせとすくい、一段落してから野菜類を入れる。そして煮込む間に使った材料の分量をノートにメモする。今まではレシピなどという概念がなく、とにかく鶏ガラを崩れる端から次々に放り込んでいくという凄《すさ》まじいスープの作り方をしており、スープに関しては基本のレシピすらない状態だ。

元山が考えたのは鶏ガラ一羽を基本とし、ほかの材料の分量を按配《あんばい》して試していく方法である。分量の按配は「お店の子」としての勘だ。

そして出来上がった最初のスープはといえば、

「お話にならねえ……」

鶏ガラの生臭さがよく利《き》いている。

豚骨味はまあまあなんだけど、醤油味《しょうゆあじ》はもひとつでなー。

上野が言っていたことを思い返して納得する。元山の作ったスープは臭み消しなどを意識した香味野菜を使った分だけ去年までのスープより確実にマシなはずだ。それでも醤油ダレのほうはろくな味になるまい。

要するに豚骨ダレは味が濃く、豚骨特有のクセもあるから、スープが素人騙《しろうとだま》しでもごまかしが利くのである。『奇跡の味』は多分、鶏ガラを煮込みまくると臭みが飛ぶ瞬間が来るのだろう。鶏ガラを適当に注ぎ足しているから臭みが飛ぶ瞬間を逃がしているのだ。

「やっぱ下処理が要るんだよ」

怪しいものは取り敢《あ》えずボイルだボイル。そう考えて、肉屋の親父のアドバイスを思い出した。

鶏ガラはすぐにダシが出ちまうから気をつけろよ。

ということは、軽く湯がく程度だ。臭みを取ろうとあまり長くボイルするとダシの出尽くした骨っかすを煮込むだけになるのだろう。

元山は二羽目の鶏ガラを軽くボイルし、他の材料はそのままの量で二回目のスープを作った。

「……少しはマシ？」

だが、まだ生臭い。二回目も不合格だ。しかし、肉屋の親父を信じるとすればこれ以上のボイルはダシを流してしまう。

「野菜で按配すんのかな」

だとすれば材料がもったいないので、臭み消しになる野菜をもっと足して三回目とした。だが、劇的な変化はない。

結局その日は買い込んだ鶏ガラ五羽を使い尽くして、納得のいく味は出せなかった。

翌日、野菜と乾物はまだ充分残っていたが、使い尽くした鶏ガラを買い足しに元山はまた昨日の肉屋に出かけた。

「おっ、また来たか」

肉屋の親父も元山を覚えていたらしい。それを期待していた。

「あのー、ちょっと訊《き》いてもいいですか」

「うん？」

領収書を【機研】で書きながら親父が頷《うなず》く。

「鶏ガラがね、ボイルしてもいまいち生臭いんですよね。鶏ガラの臭みを取る方法って何かありませんかね」

「湯がいた後に血合い取ってるか？」

あっさり答えられて元山も声を上げた。

「そうか血合いか！」

血合いが残っていると煮物やスープが生臭いのは魚と同じだ。

「でも鶏の血合いってどこになるんですか？」

「肋骨《ろっこつ》の間とか……まあ内臓だな。ボイルして残る赤い部分は掻《か》き取れ。余分な脂《あぶら》も取るといい」

「ありがとうございます！」

元山は大声で頭を下げ、走って池谷の部屋まで戻った。

確かにボイルした後の鶏ガラを見ると、胸部をメインにあちこちに大量の血合いが残っていた。これをそのまま煮込んでいたのだから生臭くもなろうというものである。

血合いを処理して新しく沸かした湯に入れ、野菜もぶち込む。

そして丹念にアクを取りながら仕上がった二日目第一作のスープは——

生臭さはない。昨日よりも格段に不味《まず》くない。

だが、

「……不味くないけど旨《うま》くもない？」

不味くない、それは確かだ。だが、旨いかと訊かれるとそれも返事に詰まる。

そんな感じの、要するに印象に残らない味だった。

＊

「スープのほうはどうなってんだ？」

　上野が尋ねた相手は池谷である。カラーリングまで施したおか持ち付き自転車二台も完成し、学祭初日まで後三日を残すばかりだ。元山が提案した準備日の営業日までは後二日。

「試行錯誤してるみたいですねえ」

　池谷もまだスープの味見はさせてもらっていなかった。元山曰《いわ》く「人に出せる段階じゃない」とのことである。

「タレの封もまだ切ってませんよ、開けたら日保《ひも》ちしないからもったいないって」

「真面目《まじめ》な奴《やつ》だなー、いいかげんに鶏ガラ煮込んでただけの俺らに比べたら絶対マシになってんだろうになー」

「お前が店長なんかに指名するからだろ」

　大神が横から口を挟んだ。

「学祭一回も経験してない後輩に酷な真似《まね》を」

「いや、あいつ妙に神経細いから。ここで一発重圧を経験させて成長させようという親心で……」

「それにしても部員を一人と十人に分けることはなかっただろ」

二人でごちゃごちゃ言いはじめた先輩を尻目《しりめ》に池谷は立ち上がった。

要求されていることは読めている。要するに、

「元山の様子見てきます。日も迫ってきたし一人で煮詰まってるかもしれないので」

時間はまだ四時過ぎで、元山は大抵池谷が【機研】から帰る八時過ぎまで作業している。

池谷が部屋に戻ると、元山は驚いたように声を上げた。

「【機研】、もう終わったのか⁉」

「いや、俺だけ上がった。他の連中は出前の無線システム作ってる真っ最中だよ」

【機研】のほうはもう作業が終わりだと誤解させたら、元山はもっと追い詰められる可能性がある。実際、細々した作業で【機研】もてんやわんやだ。

「お前は何してんの」

池谷が訊くと、元山は疲れ気味の顔で笑った。

「いやー、けっこう『お店の子』として料理そこそこできるつもりだったんだけどさ。どうも山が越えらんないから、お袋にスープの味見してもらってアドバイスもらってくる。お袋も畑が違うから当てになるかどうか微妙だけど」

言いつつ元山は、今日作ったらしいスープをミネラルウォーターのペットボトルに移している。そして残りのスープは流してしまった。

道具の片付けを始めようとした元山に、池谷は声をかけた。

「いいよ、今日は。俺やっとくし」

いつも元山は台所の始末まで自分でして帰る。それは池谷より先に帰っているときでも必ずで、【機研】の突っ込み役はやはり何だかんだと律儀《りちぎ》で真面目だ。

「そうか？　悪いな」

元山は素直に甘えて帰っていった。

だいぶ疲れてるなぁ、と池谷は後片付けをしながら案じた。

そして翌日――学祭準備日にして【機研】営業初日を明日に控えたその日、朝一番で池谷の携帯が鳴った。元山からである。

「今からそっち行っていいか？　スープ作るから味見してほしいんだけど」

山は越えたんだな、お店の子。そんなことを思いながらＯＫを出すと、元山はそれから三十分程で池谷の下宿へやってきた。

そして迷いのない手付きで寸胴鍋《ずんどうなべ》に湯を沸かし、鶏《とり》ガラのボイルから作業を始める。

「昨日、お袋にスープ飲ませたらさ。これは鶏ガラスープじゃなくて鶏の風味がする野菜スープだって言われてさ」

元山の口数は昨日に比べて格段に多い。

「最初に鶏ガラ使ったとき、生臭かったのに驚いてそれからおっかなびっくり使ってたんだよな。そんで野菜や和風ダシのほうが多くなっちゃってて、ラーメンスープとしては何かパンチがない感じの味になってたんだ。あと、ラーメンスープって鶏ガラでも豚のダシが要るんだって。で、俺たちだったら豚ひき肉入れるのが手間がなくていいだろうって」

「へえ、すごいなお母さん。さすがプロ」

「さっさと訊いときゃよかったよ、畑違いだから訊いても仕方ないって思い込んでたから」

元山は残っていた鶏ガラ三羽を軽く湯がいた後、何やら処理をしはじめた。

「……何やってんだ？」

「血合い取ってんだよ。内臓とか。これが残ってると生臭くてさ。最初は上野さんが言った通りに下処理しないでそのまんまガラぶち込んだからもうひどかった。そんで使うのびびっちゃって」

「鶏ガラ三羽で足りるのか？」

「まだ肉屋が開いてないから、取り敢えず三羽で作る。その分野菜と和風ダシ減らすから」

「ひき肉は？」

「家から持ってきた」

そして元山は新しく水を張った鍋に鶏ガラとその他の材料をぶち込んだ。待つほどもなくアクが出てきて、元山は気長にそれをすくう態勢に入った。アクと一緒に昆布も引き上げてしまう。

「そんなすぐ上げていいのか」

「昆布と煮干しは水から入れて沸いたら引き上げる、家庭科で教わったはずだぞ」

「煮干し入ってないみたいだけど」

「煮干しはなぁー。考えてみたんだけど、小さいから取りこぼしやすいだろ。昆布と同じで煮すぎると苦みが出るからやめた。鍋底で焦《こ》げ付いたら台無しだしな」

そんな話をしながら、元山は三十分もアクを取っていただろうか。アクがほとんど出なくなってきた。そして何となくラーメン屋の匂《にお》いがしはじめる。

「出来上がりか？」

「まだまだ。ここから最低二時間は水足しながら強火でいくぞー」

「……スープ番って俺らでもできるのか」

「根気さえあれば」

そして二時間、池谷はほとんど二度寝の状態で待った。

元山から「できた！」と歓声が上がったのは昼近くだった。

「おおー、完全にラーメン屋の匂いだな」

池谷はくるまっていた布団《ふとん》から起き上がった。

「ごめんな、窓と換気扇全開にしたんだけど」

「いや、いいよ。どうせいつも汚くしてるし」

味見は上野と大神を待って行うことになった。二人とも池谷の下宿先は知っており、電話するとすぐ行くと返事があった。

ちょうど学祭本番で使う発泡スチロールの蓋《ふた》付き丼《どんぶり》が三千個という凄《すさ》まじいロットで業者から届いたところだそうで、早速そこから味見用の丼を二つ持ってきてもらうことになった。

「よう店長、ご苦労だったな！」

ややあって訪ねてきた上野が偉そうに元山を労《ねぎら》う。昨日、大神と二人で微妙に元山を心配していたところを見ている池谷には、その様子が少しおかしい。

「取り敢えず、『奇跡の味』を知ってるお二人も一緒に最初の味見をしてもらおうと思って」

言いつつ元山がそれまで封を切ろうとしなかったラーメンダレの封を切った。まずは醬油《しょうゆ》から。レードルで一杯すくったタレを丼に入れ、スープでそれを溶く。

真っ先に口をつけた上野が珍しく黙り込んだ。次いで飲んだ大神が唸《うな》る。

「……大したもんだ。『奇跡の味』以上だよ」

「いや、フツーに旨いですね。びっくりだ」

池谷も感想を述べ、最後に自分で飲んだ元山がうんうんと頷いた。自分でも納得のいく味だったらしい。

「じゃあ次、豚骨で」

豚骨も順番に味見をし、上野が初めて口を開いた。

「このスープはコンスタントに作れんのか？」

あ、はい、と元山が頷く。

「レシピ作りましたから。手順に従えば誰でも作れます、でもちょっと問題があって……」

「それは後で聞く、作れるんだな？」

「はい」

答えた元山にくるりと背を向け、上野が携帯を使い出した。

作業を任せてきた一回生の一人に繋《つな》いだらしい。

「もしもし浅木《あさぎ》？」

「今から突貫で立て看作れ。煽《あお》り文句言うぞ、控えろ。——看板に偽りなし！『奇跡の味』、今年は初日から最終日まで！　以上な」

元山と池谷は思わず顔を見合わせた。電話を切った上野がまた元山を振り向く。

「よーし、問題点聞こうか」

あくまで素直に誉《ほ》めようとしない辺りがいかにも上野らしいことではある。大神も上野の後ろで苦笑している。

「今はダシに使った具材を避けてよそいましたけど、これ、ホントは一回漉してからじゃないと使えないんです。だから鍋がもう一つ要ります。今、鍋三つですよね？

フル回転でスープ作る鍋が二つと、麺《めん》を茹《ゆ》でる鍋が一つと。漉すための器になる鍋がないんですよ。それと、できればスープ漉しがほしいです。ガーゼだと手間かかって仕方ないんで」

「そんだけか？」

「あと二つ。鶏ガラに下ごしらえが要ります、ボイルして血合いを取るので。朝一番に全部処理するとして、これをどこでやるか。それから材料が増えた分コストが増えました」

上野は腕を組んだ。

「調理道具くらい予備費で買ってやる。鶏ガラの処理は屋台の洗い場で早朝のうちに人海戦術でやりゃいいだろ、水道引ける場所取ってあるし。コストはどんだけ増えたんだ？」

「あ、こんだけです」

元山が見せたノートのレシピを見て、上野は「問題ない」と即答した。

「レシピが完成してて全日この味が出せるなら、確実にリピーターができる。普通に売り上げてるだけでこの程度の増コスト軽く相殺《そうさい》してプラスに転ぶわ」

そして上野は元山にノートを突っ返した。

「そのスープは明日使えるから捨てるなよ。漉すのはいつだ」

「あ、もう漉したいくらいです」

「じゃあお前ら超特急で道具買ってきてスープ漉せ。そんで部室に持ってこい、部室の冷蔵庫で保存する。使った道具も忘れんなよ」

大学に戻る上野と大神が先に部屋を出た。玄関で上野が元山を振り返る。

「元山、レシピのノート貸せ。それと書くもん」

元山がノートを渡すと、上野は断りも入れずに最後のほうからノートを一枚破った。

この程度の暴挙はもはや上野に関しては暴挙ですらないので元山も動じない。

そして上野は元山のレシピを破ったノートに書き写した。

「増えた材料分は業者に手配しとくからな。それからそのレシピ部外秘だ、当日も客から見えるところに貼《は》るなよ。当日は冷蔵庫を外に出すからその中でメモ保管しろ」

先輩二人が部屋を出てから、池谷はまだ寝癖のついた頭をガリガリ掻《か》いた。

「……結局一度も旨《うま》かったとは言わねえのな、上野さんは」

「まあ、上野さんだから。あの人としては最上級に素直だろ、俺は満足」

そして後輩二人も商店街へ出かけた。

＊

そしていよいよ準備日、【機研】の『らぁめんキケン』にとっての営業初日である。

部員は朝六時に既に部室に集合していた。

学祭終了まで泊まり込みの条件で、各自が泊まりの荷物を持ち込んでいる。歩いて数分の下宿住まいの池谷と他数名だけが例外だ。

大神から全体的な注意事項が発表される。

「まず衛生面は徹底的に管理する。殺菌石鹸《せっけん》を洗い場に常備するから、定期的に手を洗え。トイレや出前、食事休憩で店を離れた後はもちろん、その他手が汚れたとき、手洗いは徹底的に励行。掃除も定期的に行う。それから、風呂《ふろ》は毎日入ることを義務づける。いくら忙しくても汗臭い男が接客するなんて論外だ。銭湯が閉まってるとき休憩入る奴《やつ》には下宿組が手分けして風呂提供のこと。シフトはシフト表を厳守。店の周りの掃除も定期的に。それだけ守って後は好きに野垂れ死ね」

「おーい大神、そろそろ業者が正門に来るぞ」

上野が口を挟み、「もうそんな時間か」と大神も腰を上げた。プロパンのボンベとナマモノは毎朝業者から配達されるという。乾物は初日に全日分まとめて配達だ。

準備日とはいえ他の部活はまだ始動していない早朝、【機研】の部員は揃《そろ》って正門へ向かった。

待つほどもなく次々軽トラがやってくる。

最初にやってきたのはガス屋でプロパンのボンベを三本下ろした。

「今年もこの季節がきたなぁ」

「お世話になります、明日は三本お願いします。お支払いはまた学祭後にお伺いするので」

子供の背丈程もあるボンベ二本で目を丸くしていた後輩たちは、大神の注文で更にどよめいた。

これを二本だの三本だの一日で使い切る営業というのはどういうレベルだ。

上野がにやにやしながら口を添える。

「ま、今日は初日だから控え目でな」

そして全ての業者と注文の受け渡しが終了すると、正門前には段ボールやコンテナで小山ができていた。

「こ、このプロパンのボンベはどう運べばいいんですか」

「一人で運べるぜ、斜め転がしで。今日は俺と大神がやるから、明日の朝に終わったボンベ返すときお前らでやってみ」

「絶対倒したり衝撃を与えたりするなよ」

大神が恐《こわ》い顔で注意を加え、二人が慣れた様子でボンベを転がしていく。

「ボンベは模擬店区画に置いとくけど、他のものは部室まで運べよー」

上野の指示で後輩たちは荷物の小山に圧倒されながらその小山を崩しはじめた。

「控えめでこれって明日からどうなるんだろうな……」

誰かが呟《つぶや》いたが、それは全員に黙殺された。

今から気力が失《う》せそうなことを考えさせるな、という無言の返答である。

「麺は常温保存が利《き》くから積んどけ。冷蔵の最優先はガラともやしとチャーシューだ！」

上野の指示に元山が付け加えた。

「ひき肉もお願いします、もやし以外の野菜類は常温で大丈夫です」

冷蔵庫を開けた後輩が悲鳴を上げる。

「大鍋が居座っててスペースが足りません！」

「根性で詰め込め！　営業始まったらその鍋はどくからそれまでの我慢だ！」

【機研】は学祭使用も踏まえ2ドア冷蔵庫と1ドア冷蔵庫を各イチで所有しているが、それでも寸胴鍋《ずんどうなべ》が片方に居座っている状態ではかなりスペースが圧迫される。何しろ鶏《とり》ガラの分量が尋常ではなく、45Lの黒いポリ袋に一つ分届いている。

「あ、じゃあひき肉は冷凍庫に入れます。誰かポリ袋取ってー！」

元山が投げられたポリ袋をキャッチし、3kg購入して段ボールで納品されたひき肉を一摑《ひとつか》みずつ小分けにする。手にポリ袋を嵌《は》めてひき肉をわし摑み、袋を裏に返して口を軽く縛る手際《てぎわ》は主婦並みの鮮やかさだ。

「凍らせて大丈夫なのか」

大神に訊《き》かれて元山は頷《うなず》いた。

「どうせ煮込んでダシを出すんで。凍ったまま煮込めば問題ないです」

手の空いた者が元山の作業を手伝い、ものの十五分程度でひき肉の小分けが済む。

「よーし、仕入れの片付けは済んだな。次は屋台の組み立てだ、者ども行くぞ！」

上野の指令でまたぞろぞろと部員たちは倉庫へ向かった。

「こ、これは……」

元山は既に調理器具を取りに来たことがあるので見ていたが、床に積み重ねて保管されていた材木は、屋台の材料というイメージではない。どこかに小屋でも作るのか、というような大層な角材の山に一回生たちはまず息を飲んだ。そして、

「お祭りの屋台、しかも学祭レベルの屋台って、こんな大袈裟《おおげさ》な造りでしたっけ⁉」

上がった声は悲鳴に近かった。

「まあ、よその部活はいわゆるお祭り屋台のレンタルだけどな」

大神の説明に悪役笑いを被《かぶ》せたのはもちろん上野である。

「そんなぬるい設備で毎年百万近い売上げが出ると思うなよー？　そもそも模擬店という字面《じづら》を考えろ！　店の模擬だ！」

「訳が分かりません！」

「小なりとはいえ店の構えを取ってない模擬店など模擬店とは言えん！　うちは屋根まで波板で葺《ふ》いて雨が降ってもビニールシート下ろして水撥《みずは》ね対策完璧《かんぺき》！　豪雨でも営業可能な合理的設計の店舗だ！　輝かしき木造工事班時代の遺産に敬礼！」

と、上野が本当に材木の山に敬礼したので後輩たちも戸惑いながらそれに従う。

「じゃ、まず基礎の柱と土台から運びましょうか」

池谷が軍手を塡《は》めながら材木の山に歩み寄る。実家で林業の手伝いもしていた池谷には慄《おのの》くほどの作業でもないのだろう。

「材木に番号振ってあるから番号順に運んでくれ。基本的に上から若い番号が積んである筈《はず》だ」

大神の指示に池谷が頷き、材木の番号を探す。そして、慣れた手付きで材木を肩に担《かつ》ぎ上げた。そのまま材木を取り回して材木の尻《しり》を山に載せた状態にし、元山に声をかける。

「後ろ担いでくれ」

「お、おう」

池谷が自分の肩と材木の山で作ってくれた隙間《すきま》に入り込んで、元山も材木を担いだ。

池谷は軽々と取り回しているように見えたが、実際に担いでみるとかなりの重量だ。

池谷と元山の体格差もあるだろうが、木を扱い慣れているスキルもあるのだろう。

主に去年の経験がある上野と大神、そして池谷の働きにより屋台は昼過ぎには組み上がった。

客用カウンターは直角に設計して最大十名収容、椅子《いす》は足の長い丸椅子だ。

厨房《ちゅうぼう》には業務用の三連コンロを設置し、その隣にやはり業務用のシンクを据え付け水道を繋げる。コンロにも早速プロパンのボンベを繋いだ。

「……学祭レベルの装備じゃねえよなこれ」

一回生たちは自分たちが組み上げたものに引き気味だ。

「テキ屋でも相当本格的なレベルだぜ」

「もはや屋台のレベルですらねえ」

棟上げや屋根葺き、電灯設置に至っては作業高度が地上三mにまで達する大工事となった。雨避《あめよ》けのビニールシートは屋根の上に載せ、降ってきたら引き下ろす方式だ。仕上げに部室から冷蔵庫を運んできて設置する。これにプラスして苦心惨憺《くしんさんたん》で設置した夜間用の電灯は、校舎からの配線で電源を取るという。

そして屋台が出来上がったところで作戦は次のフェーズに移った。

元山の指示の下、同期全員がスープの作り方を鶏ガラの処理から叩《たた》き込まれたのである。

まず寸胴鍋三つに湯が沸かされた。そして冷蔵庫から鶏ガラの入った黒いポリ袋が取り出され、開封された瞬間に――

「キャーッ！」

女の子のような悲鳴が大の男たちから上がった。動じなかったのは田舎育ちの池谷だけだ。

「もっ、元山！　内臓！　内臓が入ってるこれ！」

元山は「慣れろ」と無情に言い捨てた。

「既に死んでるモノ相手に何びびってんだよ。これ、全部毎朝処理するんだぞ。明日からはこれの倍届くんだぞ。おら掴め、フル回転でボイルだ！　湯がき過ぎんなよ、さっと火が通ったくらいで上げて新しいポリ袋にどんどん溜《た》めろ！」

鶏ガラの保管は一律黒いポリ袋である。理由は処理を終えたものでも冷蔵庫の開け閉めのとき客に見えたら引かれるからだ。

「処理が終わってても客が引くようなものを俺たちに生で、素手で掴めと⁉」

「うるせえ！　お前らを湯に浸《つ》けたって垢《あか》しか出てこないのに鶏ガラはスープの要《かなめ》になるダシを出してくれるんだぞ、どっちが偉いと思ってるんだ！　そんなありがたい鶏様を掴むには敬意を持って素手しか認めん！　鶏ガラを掴む前と後に閣下《サー》と言え！　トングを使っていいのは湯から上げるときだけだー！」

「元山がどっかの軍曹になってるよー！」

珍しく強硬な元山と泣きを入れる同期たちに、上野が笑いながら口を挟んだ。

「お店の子だからなー。食い物に関しちゃ譲れない一線があるんだろ」

「ていうか上野さんと大神さんは参加しないんですか！」

「今年は無線で中央コントロール式の出前システムを導入したからなー、俺と大神は本部の部室待機で司令塔だよ。厨房はお前ら一回生の肩にかかってるぞ」

「卑怯《ひきょう》だー！」

「まあ頑張れ。こっちもシステムの最終チェックが残ってるんでな」

大神も軽い励ましで完全に他人事《ひとごと》だ。そして先輩二人が去り、後はどっかの軍曹になった元山が残される。

同期たちは目の据わった元山に位負けしてポリ袋の中にそれぞれ手を突っ込んだ。

「うわー！　ぬるっとする、ぬるっとする！」

「ナマモノいじってるんだから当たり前だろが、いつまでもヘタレたこと言ってっとマジでサーって言わせるぞ！」

「ううっ摑ませていただきます、サー！」

「ご入浴です、サー！」

何だかんだとノリがいい同期たちは、逆にそのかけ声で弾みをつけたのかヤケクソのようにガラを湯の中に放り込みはじめた。

「バカ！　でたらめに鍋使う奴《やつ》があるか、端から順に使っていけ！　そしたら上げるときも最初に湯がいた鍋から順に一気に上げていけばいいだろが！　頭使え！」

「鍋一つに何羽入っていただけばよろしいでしょうか、軍曹！」

「一鍋につき八分目まで入っていただけ！」

「全鍋が定員になりました軍曹！」

「右端、その色になったらもう上げろ！　上げるときの色覚えとけ、この色だ！」

大変な騒ぎで鶏ガラ全部を湯がき終わり、鍋に残った湯で一回生たちはうえっと声を上げた。

「廃水の色だぜ、これ」

ポリ袋の鶏ガラをすべて湯がいた結果、残り湯は完全な灰色と化していた。

「残り湯は溝に捨てていいってことだから捨てるぞー」

言いつつ元山が率先して布巾を鍋摑みがわりに鍋をコンロから下ろして運ぶ。

使った鍋を先に洗い、引き続いて鶏ガラ処理だ。血合いを掻《か》き取る作業は鶏ガラを摑んで湯に放り込むより更に同期をびびらせた。

「うわぁっ、内臓がホントに内臓だあっ！」

「肋骨《ろっこつ》が！　肋骨が！」

元山監修の下、スペース的な問題から二人ずつの作業になった。掻き取った血合いは流しに嵌めておいた納入時の空いたポリ袋にばんばん投げ込んでいく。

作業から抜けられるのは元山の合格点が出てからだ。

「お前ら血とか骨とか騒ぎすぎ！　いいかげん慣れろよ、今晩からノンストップ営業だからガラ処理に鍋三つも使えなくなるんだぜ。コンロだってスープと麵《めん》用に二つは空けとかなきゃだし、基本的には鍋一個でボイルだ。その分てきぱきしないとさぁ」

「お前、おサカナも捌《さば》いたことのない俺たちにいきなり何て酷な試練を」

「甘えんな、池谷を見ろ！」

池谷は黙々と血合いを掻き取り、三羽処理したところで元山から合格点が出た。

「おっかなびっくり引っ掻いてても時間かかるだけだぞ、ガッといけ」

男らしく大雑把な池谷のアドバイスに、やっと他の同期たちも度胸が出たらしい。こうなると後は競い合いだ。最初の怯《おび》え方はどこへやら、顔に血合いが飛び散っても一向動じないほど勢いが乗り、あっという間に下処理が完了した。

下処理の済んだ鶏ガラはまた新しいポリ袋へ入れられ、冷蔵庫にしまわれる。シンクをきれいに始末し、いよいよスープ作りの本番である。

「作り方は分量も手順もメモに書いて小さいほうの冷蔵庫のドアポケットにしまってあるから、本番で分かんなくなったらそれ見てくれ。今から俺が作るから全員一段落つくまで見ててな。包丁使うとこほとんどないから、一回覚えたら簡単だと思う」

包丁を使うのは野菜の皮を剝《む》いたり切ったりするところだけだった。

そして元山が寸胴鍋一つに張った水に材料を次々放り込む。やがて湯が沸き、アクが出てきたところで昆布を引き上げ、後はひたすらアクをすくう。アクが出なくなるまで約三十分。

「これで作業的には一段落な」

「えっ、こんだけ？」

「こんだけ。簡単だろ？　後は焦《こ》がさないように水足しながら掻き混ぜて最低二時間、可能だったら三時間煮込む。で、煮込み終わったら別の鍋に漉《こ》し器でスープを漉して出来上がり」

「うわー、ここから先が長いんだなー」

「だけど、掻き混ぜるだけだから誰でもできるだろ？　麵の茹《ゆ》で時間やメニュー別のトッピングは張り出すメニューの裏側に書いてあるってさ」

そのために梁《はり》から吊《つ》り下げるメニューは一品ずつプラスチックの札式である。

「代々で効率化のためにいろいろ工夫してきたんだろうな」

池谷がしみじみと呟《つぶや》いた。

「ところでいいかげん腹減らね？」

一人が言い出すと俺も俺もと手が挙がる。

「コンビニで何か買ってくる？」

「ああ、それなら」

元山がお玉を手近な奴に渡した。

「昨日作ったスープがあるから、素ラーメンでよければ食ってみようぜ。あんまり量作らなかったし試作だから、さっさと使い切って次のスープ作りたいんだ」

麺を茹でる半寸胴《はんずんどう》に湯を沸かし、冷蔵庫から出した昨日のスープも温める。タレの器にやはり昨日封を切ったラーメンダレを入れ、レードルをそれぞれ突っ込む。

「誰か上野さんと大神さんに電話してくれー。昼飯に試食がてらラーメンどうですかって」

さすがに先輩を差し置いて試食するわけにはいかない。電話は池谷が掛けた。

湯が沸いたところで五つある振りざるを入れ、丼《どんぶり》を流し台に並べる。

待つほどもなく上野と大神は到着し、「ついに試食行くかぁ？」と上野がご満悦でカウンターに座った。

「俺、豚骨ね！」

「じゃあ俺は醬油《しょうゆ》で」

「了解でーす。あと三人いけるけど誰から食う？」

同期を振り返るとすでに順番決めのジャンケンが始まっていた。

そして、麺が茹で上がるまでに順番が決まり、先鋒《せんぽう》三人から矢継ぎ早に味の注文が入る。タレとスープを手早く合わせ、茹でた麺を振りざるで上げて次々とスープの中に落とし込む。先輩から先に出し、同期三人にも出して元山はラーメン作りの二巡目に入った。素ラーメンだとやはり早い。

「旨《うま》い！」

同期から次々と声が上がった。

残りの全員に食わせ、自分も食べると試作のスープはほとんどなくなった。

「今からまた追っかけで新しくスープ作って夕方までに間に合わせます」

元山が自分も腹ごしらえをしながら報告すると、上野が頷《うなず》いた。

「開店準備が調ったらテストがてら無線で連絡しろ。各自ポータブル持ってるな」

開店したら全員イヤホン挿してろよ、と大神が補足する。

上野と大神が部室に戻ってから、先に食べ終わった同期が「鍋洗っとくぞ」と腰を上げた。

丼と箸《はし》は使い捨てなので、隅に置いてある業務用ゴミバケツに捨てて蓋《ふた》を閉める。

分別義務があるのでバケツはプラスチック類と燃えるゴミの二つ用意した。

「スープ作ってみていいか？」

同期に声をかけられて元山は「ちょっと待って」と手で止めた。

「一応、一段落まで俺も一緒に見るから」

そして、空いた鍋が洗い上がるまでに元山はラーメンをすすり込んだ。

その間にも同期が煮込み中の鍋を掻き混ぜてくれており、自発的なチームワークがすでに発生しつつあった。


寸胴鍋二つにスープが仕上がり、具材の準備も調ったのは午後四時だった。

店を回す手順を確認してから全員が無線を装備し、元山が上野に連絡を入れる。

「本部へ元山より。店の準備調いました」

「よーし」

無線の向こうで上野の笑う気配がした。

「立て看立てろ！　今年のお楽しみの始まりだ！」

ーメン
奇跡の味、
今年は初日から最終日まで!!
殺人シフト、始動。
らっしゃいませー!
ラーメン二丁お待たせしました
戦うラーメン屋、疾駆!
第4話
三倍にしろ!
後編

＊

「看板に偽りなし！『奇跡の味』、今年は初日から最終日まで！」

立て看が立ったその瞬間から店は大盛況だったと言ってもいい。そもそも開店する前から元山苦心のスープの匂《にお》いは辺りに流れ出しており、模擬店準備にぼちぼち取りかかっていた学生たちの食欲中枢《ちゅうすう》を刺激しまくりだった。

「なあ、キケンもうやんの？」「いつ開店？」

他クラブの学生が顔を覗《のぞ》かせ、ちょくちょくそんな質問も残していった。

準備日は正式には学祭期間にはカウントされない。放送ジャックは出来なかったが開店と同時に店には客が列を連ねた。元山が潜在的な客として指摘した模擬店準備の学生たちである。

「前線より本部へ！　出足上々です！」

手隙《てすき》の一回生が、本部となった部室の上野たちへ無線連絡を入れた。

実際、お代わりをして帰る客も少なくなかった。

「このままでは今夜半にも残弾が尽きる模様！」

残弾とはもちろん麺《めん》だ。

報告を受けた上野はにやつきながら大神を振り返った。

「戦況は圧倒的らしいぜ」

「そうだろうな、去年までより圧倒的に旨《うま》い」

大神の返事はひっきりなしに掛かってくる電話の合間である。

「こっちももうこれだけ出前の注文が来てる」

言いつつ大神は携帯片手に控えていたメモを上野に渡した。

「店に出前の指令出してくれ。客には混んでるから二十分前後待ってくれって言ってある」

「ほう。これはこれは」

注文元の中には、学祭など関係なしで実習真っ最中の切羽詰まった研究室もかなり含まれている。食い物を調達に出る時間も惜しい、ついでに少しでも学祭の雰囲気を味わいたい、そんなところだろう。

「口コミが思いのほか早く回ってるな。お店の子様々だ」

言いつつメモを受け取った上野は前線こと屋台へ無線を繋《つな》いだ。

「出前部隊行きまーす！」

初出動となった出前自転車は、調理部隊以外の一回生の一本締めで見送られた。

「こぼすなよー！」「こけるなよー！」

出前チラシも数百の単位で刷ってあちこちにばらまいている。その効果も出ているようだった。

その頃——

「フライングだ！」

学祭執行部にねじ込んでいたのは同じラーメンで打って出たPC研究会である。

「卑怯《ひきょう》だ、客の先取りだ！　執行部から勧告はないのか⁉」

気炎を上げるPC研会長に、執行部長は気のない返事だった。

「そうは言っても、準備日をどう使うかの規定はないしなぁ。準備日に店を開けたら駄目だというルールもない。衛生規準と学祭規則さえ守ってたらうちからは何の勧告も出しようがない。つか、【機研】がフライングだって言うならPC研も朝から始動してればよかったんじゃねえ？」

「前例がないじゃないか！」

「だから前例がなくても違反じゃないんだって。強いて言えば盲点？　準備日も営業日に数えた【機研】が一枚上手だっただけだ。それに他のクラブからは評判もいいんだよな。メシに手頃で便利だって」

と、そのとき執行部詰め所である教室のドアが景気のいい音を立てて開いた。

「お待ちー！　『らぁめんキケン』でっす！」

おか持ちを提げた【機研】部員だ。

「豚骨四つに醤油《しょうゆ》二つでしたね！」

出前は手近な長机に丼《どんぶり》を並べ、執行部員の一人と金のやり取りをした。

「出前の器は回収しませんので分別に従って処分してくださいねー！」

「おいおい、俺ら誰だと思ってるんだ？　学祭執行部員だぞ？」

「ああ、そうですよねー！　すみません、もう口癖になっちゃってて！　また期間中よろしくお願いしまーす！」

そして【機研】の一回と覚しき部員は教室を飛び出していった。

その様子を呆気《あっけ》に取られて眺めていたPC研会長と会員たちに、執行部長はにやりと笑った。

「便利なんだよなぁ、やっぱ。お前らも来年からは真似《まね》すれば？」

そしてPC研究会はそれ以上一言もなく引き下がった。

＊

「元山、チャーシュー足りなくなりそうなんだけど。チャーシュー麺に載せる量少し減らす？」

「却下！」

すさまじい勢いで足りなくなったネギを刻みながら元山は怒鳴った。

「そんなことしたら評判落ちる。チャーシュー麺売り切れの張り紙出せ、そんで通常トッピングだけにして保たせる！　それでも切れたらチャーシュー抜きで値段下げろ、いくら下げるか本部と相談！　俺としては百円引き推奨！」

校庭では既に軽音部のライブも始まっており、そちらから流れてくる客も多い。

客の評判はといえば――

「おおー、ホントに初日から奇跡の味だなぁ」

『奇跡の味』の伝説は、どうやら実態以上のものとして流布《るふ》しているらしい。今年のスープは確実に前年度までの味を上回っているはずだが、これを『奇跡の味』として納得する客ばかりだ。

ちょっと納得いかないなぁ――と元山としては面白くないが、その伝説が客寄せになっていることは事実である。

軽音部の演奏する流行《はや》りのナンバーはアップテンポのものばかりで、他のクラブも作業に弾みがついたらしい。夜にはほとんどの出店が屋台組みを終えていた。ただし食材を仕入れている店はなく、内輪の試食をしているくらいだ。学祭定番のソース物の匂いもまだである。

「圧勝だな」

池谷が斜向《はすむ》かいのPC研の屋台をちらりと眺めて呟《つぶや》いた。屋台組みは終わったものの食材がないので手をこまねいているしかなく、忌々《いまいま》しげにこちらを睨《にら》んでくる。

元山は「いやぁ、まだまだ」と首を振った。

「向こうが明日何出してくるか分かんないからな」

「お前より試行錯誤してた気配はないけどな」

「まあ、こっちは百万近く売り上げろって無茶な指令も出てたしなー」

実際、それに近い売上げを毎年叩《たた》き出していたわけだから、味の完成度はともかく本気度は学内ぶっちぎりが伝統だったのだろう。

「つうか、何やるときでも本気度はＭＡＸなんだよなぁあの人たちは」

池谷が湯がいたもやしのストックを作りながらしみじみ呟く。抑え役に見える大神も地味にフォローは万全だ。そもそも、新入生勧誘の爆破実験を止めなかったことで類友である。

「俺ら、あの二人に三年間振り回されていくんだろうなー」

四回生になっても素直に引退するような二人ではない。元山の推測が多分当たりだ。

「まあ、振り落とされないように頑張ろうぜ」

池谷もそう答えた。

そして準備日の残弾はコアタイム終了の二十三時を目前にして切れた。

「あれー、もう店じまい？」

『らぁめんキケン』ののれんをめくった客に、そろそろ客あしらいも堂に入ってきた一回生たちが申し訳なさそうに答える。

「すみませーん、もう麺が切れちゃって。期間中またご贔屓《ひいき》くださーい」

「まあいっか、今年は全日『奇跡の味』だそうだし」

「はい、ご期待ください！」

「よーし、よくやった！」

部室の無線で店から終了報告を受けた上野は壁の時計を見上げた。まだコアタイム内だ。

「情報によると、PC研が今日の営業をフライングだとねじ込んだそうだ。妨害工作なども充分考えられる。深夜勤では事前に決めたシフトに従って、店に無人の時間を作らないこと！　以上、ご苦労だった！」

「大した戦果だな」

大神が伝票を繰りながら呟く。

「出前だけで百食近く売り上げてるぞ。……ハハ、お前の天敵からも注文来てら」

「げ、曽我部《そがべ》かよ」

春のクラブ説明会で夜まで上野を追い回していた教授である。

「あいつ、理系なのか体育会系なのかはっきりしてくれよなー。理系のガッコ来て、今さら竹刀《しない》で追いかけ回されるとは思わなかったぜ」

「追いかけ回されるようなことしかしないお前のせいでもあるんじゃないか」

「部で取り組んでんのに何で俺だけ追い回されるんだよ！　共同責任だろが！」

「矢面に立つのは一人でいい」

さっくり斬《き》り捨てた大神が伝票から顔を上げてにやりと笑った。

「逃げ足には自信があるんだろ？」

「まあなー。五十も半ば過ぎたおっさんに負けてられっかよ、ワカモノとして」

上野が鼻高々にふんぞり返る。すぐ調子に乗るから扱いやすいよな、と大神は内心で小さく笑った。もっとも巧《うま》く乗せないと頑として動かない天《あま》の邪鬼《じゃく》ではあるが。

「奇跡の味が初日から！　ってのは口コミでかなり広がったからな。明日の売上げはこれどころじゃねーぞぉ」

見てろ、ＰＣ研！　上野は満面の笑みで息巻いた。

＊

翌日、学祭初日。

『らぁめんキケン』の要警戒相手だったＰＣ研も開店準備に入った。

偵察はしなくても斜向かいの店だ、開店準備の時点でＰＣ研の手の内は読めた。

業務用のスーパーで買い込んだらしい三食ワンセットのラーメンだ。遠目に見えるパッケージで味を三種類ほど揃《そろ》えていることが分かる。おそらくベーシックに醤油、味噌《みそ》、豚骨だろう。数は目算で百セットほど。三百食の仕入れという計算だ。

「なあ、あっち市販品だぜ。ウチ勝てんの？」

もはや鶏《とり》ガラ処理に何らの躊躇《ちゅうちょ》もなくなった一回生たちが、ベルトコンベアのようにガラを始末しながら小声で元山に尋ねた。

「大丈夫だ」

仕込みの指示とPC研の偵察のために元山は早朝からコアタイムへの参加になっている。

「あの手の市販品は確かに一定の味は出せるけど標準の味にしかならない。あくまでちょっと本格的なインスタントの位置づけだ。それをベースに何かオリジナリティを出そうってつもりでもないみたいだし」

「何で分かんの」

「調味料がコショウくらいしかないだろ。それにあのタイプは味が完成されてるからヘタに手を加えてもバランス壊すだけだし。あと、あの商品なら俺も知ってるけど麺が乾麺なんだ」

「なるほど、そりゃ致命的だ」

乾麺は茹《ゆ》でるのに時間がかかる。対して生麺の【機研】は数十秒だ。

「多分、売れ残ったときのことを考えて乾麺にしたんだろうけど……あれは常温でも一週間は軽く保つから」

「でも生麺だって常温保存利《き》くだろ？　何で生麺にしなかったんだろな？」

「お前、今年この店やるまで生麺が常温で保存できるとか知ってた？」

元山に訊《き》かれた部員は虚を衝《つ》かれたように首を横に振った。

「【機研】みたいに毎年の経験則があるとか、料理に詳しいとかじゃないと、一般の男が知ってるようなことじゃないよ。生麺は日保ちしないって思い込んでも仕方ない。実際、乾麺より日保ちしないのは確かだからな。余った分は翌日には売り切らなきゃいけないし」

「ひゃーっはっはっは！」

店からの報告を受けた上野は腹を抱えて笑い転げた。無線を切って大神を振り返る。

「おいおい、奴《やつ》らインスタントで来やがったってよ！　しかも乾麺で三百食！　勝負あったな！」

「いいけどお前、その笑い方はどう聞いても完全に悪役の笑い方だぞ。地球が核の炎に包まれた系」

「うるせーよ、最初に因縁バリバリで変な横槍《よこやり》入れてきたのは奴らだ！ 正義は我にあり！ つか、一日五百食売り上げる覚悟で店やってる俺らに張り合おうなんざ百年早ぇーんだよ！」

基本的に売れ残りは作らない、という気迫で店は回されている。

「初日に乾麺で三百食なんて、どうせ学祭期間中にそれだけ売れたらいいって程度の考えだろ。一気に三百も仕入れちゃったら今さら切り替えらんねーし。所詮《しょせん》は子供の遊びだな！」

鼻で笑った上野に大神が一応という感じで突っ込みを入れる。

「つーか、学祭ってのは本来は子供の遊びでウチが異常なんだけどな」

「いんだよ、そういうことはどうでも！」

上野はまどろっこしそうに舌打ちした。

「とにかく、ウチに敵対する奴は誰であろうと全力で潰《つぶ》す！ 相手がＰＣ研なら尚更《なおさら》だ！」

「しかし、うちはとにかく行列が長くなることは避けられないからな。待ちかねた客がＰＣ研に流れる心配はないのか？ 三百食取られると投資三倍回収はきついぞ」

「行列が少なくても食えるもんがスーパーで買える市販品だってことは出てくるゴミや作ってる過程ですぐばれる。奴らの出した値札は素ラーメンが三百円だ、スーパーだと三食三百円のもんが一杯三百円じゃ割高感は否《いな》めない。それに、『奇跡の味』の伝説性とスープの匂《にお》いで勝てる。奴らは付属のスープをお湯で溶かすだけだからな。客は本格的にスープ作ってるウチに匂いで寄ってくる。それにPC研のインスタントじゃリピーターはつかない」

「……って、お店の子が言ったんだな？」

大神の切り返しに、滔々《とうとう》と語っていた上野は悪びれたふうもなく舌を出した。

「まあ、元々ラーメン勝負じゃPC研に不利だったけどな」

大神は言いつつ昨日の伝票を眺めた。もう集計が終わってまとめてある伝票の束はホッチキスで綴《と》じられないほど分厚い。

ある程度の作り置きが利く揚げ物や粉物に比べ、ラーメンは伸びるという決定的な時間制限があるので店を回すのが難しい。【機研】が今まで『奇跡の味』を不確定にしか出せないのに絶対的な覇権を保ってこられたのは、経験の蓄積だ。店の設備設計から仕入れ、調理から客あしらいに至るまで、一朝一夕に何とかなるものではない。『らぁめんキケン』の暖簾《のれん》は遡《さかのぼ》れば二十年以上前にたどり着く。

「うちに張り合おうっていうからには会員がラーメン屋でバイトでもしてきたのかと思えば……」

とんだお笑い種《ぐさ》だな、と上野が大きく肩をすくめて笑う。

「けど、うちだって一回生だけで店を回させるなんてかなりの冒険だったぞ」

本来なら店長には上級生を据えて一回生を監督、来年に向けて段取りを仕込むのが通例である。

「今年は図らずも逸材が採れたからなー。俺やお前の去年一度の経験則よりは家が客商売の元山のほうが信頼できる。どうにもならなかったらお前突っ込むつもりでいたしな」

「おい、相談もなしで一方的に俺かよ」

渋い顔をした大神に上野はしれっと小首を傾《かし》げた。

「俺に後輩への指導能力とか期待すんのか？」

「……」

大神が黙り込んだのは上野の言い分を認めたらしい。

「そこまであっさり引き下がられるとそれはそれでビミョーなんですが、大神さん」

「あっさり引き下がらざるを得ない命題を振ったのは誰だよ」

お互い睨み合って無言でドローになるのはいつもの間合いだった。

結果として「お店の子」元山の読みはドンピシャだった。

「らっしゃいませー！」

「はいチャーシューで豚骨二丁、醬油《しょうゆ》一丁！」

「お待たせしましたぁっ！」

準備日に開店したことが思いの外いい訓練になったらしい。一回生たちの手際《てぎわ》や客あしらいは準備日の元山の指導もあってこなれたものになっていた。作業による時間のロスはほとんどなく、客も後ろの行列を気にしてかラーメンをすすり込むとすぐに席を立ってくれる。

戦場のような忙しさの中にも決して破ってはならない鉄則がある。

連れ同士の客には同時に注文の品を出せ、というのがそれだ。上野と大神もくどいほどに念を押していたが、元山のこだわりはそれ以上だった。

「一緒に出せないくらいなら出前の注文を優先！　カウンターでは客の順序を後先にするな！　順番変えられることに客は一番敏感だ！」

不規則に飛び込んでくる出前も捌《さば》きながらのこの鉄則なので、体はラーメンを作りながら頭で流動的なパズルを解いているようなものだ。注文を受けたとき切る伝票はあくまでパズルの手がかり程度で、順番の組立は完全に脳内だ。

　このパズルが一番巧いのはやはり元山だったが、そのうち代役を張れる人材が何人か出てきて、自然と各シフトにはパズル役が必ず一人割り振られるようになった。

　そして、PC研のほうはといえば――ゴミの処理が無造作だったため、初日にしてインスタントを出していることが知れ渡ったらしい。わざわざ学祭でインスタントを食べなくても、とあっという間に閑古鳥《かんこどり》が鳴く状態になった。

　そして『らぁめんキケン』は過去の因縁に直接関わっていない一回生だけで回していることもあり、そんなライバル店の状況を笑う余裕もなかった。上野が店に出ていたらわざわざ出向いてでも勝ち誇ったことだろうが。

「出前行きまーす！」

「コケるなよ！」

　二台作った出前自転車は常にフル回転状態である。

　十一時から二十三時のコアタイムは総動員、休憩はそれ以外で調整、しかも清潔感を保ったため風呂《ふろ》は欠かさず、という厳しい条件のため、夜が更《ふ》けるほど皆ハイになる――のを通り越してキレてくる。

何にキレるかといえば忙しさ――ぶっちゃけ途切れない客に対して。しかしまさか客にキレるわけにもいかない。

かくて、

「いらっしゃいませー！」

「ご注文繰り返しまーす！」

「豚骨チャーシュー一丁、醤油コーン一丁入りましたー！」

「お待たせいたしましたー！」

「ありがとうございましたー！」

これらの掛け声が加速度的に大きくなっていき、最終的には厨房《ちゅうぼう》の中で怒鳴り声を上げているかのようになる。声で発散している状態だ。

心の中では「いいかげん途切れろよ、客！」と思っている。

一度、全員がマジギレした瞬間があった。

出前に出た部員が明らかに早すぎる時間で戻ってきて――

「ごめん、コケた！」

それまでヤケクソのように声を上げていた全員が無言になった。

表情がなくなり作業は加速。おか持ちの中にぶちまかれたラーメンを捨て、全体を水で流して拭《ふ》き上げる。その間に注文を作り直して蓋《ふた》をし、おか持ちの中へ。

「行け。次転んだら殺す」

誰かの発した低い声に、転んだ当人は青ざめて何度も頷《うなず》いた。

その後、更なるヤケクソで掛け声が大きくなったことは当然の成り行きだった。

「当店は待ち時間なしでお召し上がりいただけまーす！」

ほとんどプライドを捨てたともいえる呼び込みをPC研が始めたのは、学祭三日目である。

「……さすがにちょっと哀れになってくるな」

池谷がちらりとPC研の屋台を窺《うかが》って呟《つぶや》いた。まだコアタイムが始まったばかりの午前中で、部員がキレる段階はまだまだ先だ。行列もそれほどは長くない。

「人の心配してる場合かよ、こっちは今日も六百食売り上げなきゃならないんだぜ」

麵がなかなか弾切れしない理由がこれである。例年は毎日五百食、最終日三百食の仕入れを、上野が部長権限で二日目から六百食に引き上げたのだ。

初日の弾切れが思いの外早く、コアタイム終了の一時間前に店を閉めたことが決断の根拠だ。

「だーいじょうぶ、いけるって！」上野はからから笑って断言した。「例年のデータを見たってコアタイム以外でもぼちぼち捌けるんだ。コアタイム一時間残したんなら百食くらい軽い！」

五百食を売り上げて義務を果たした安堵《あんど》に浸っていた一回生たちは目を剝《む》いて反対したが、反対すればするほど悪ノリするのが上野である。「何なら六百五十食行ってみるかぁ⁉」などと言い出して、慌《あわ》てて六百食で手打ちをした次第だ。

「おーい、ちょっとちょっと」

屋台に近づいてきて声をかけたのは、蛍光グリーンの腕章をつけた学祭執行部員である。一番近くにいて顔を上げた池谷が必然的に相手をすることになった。

「何ですか？」

「うん、ちょっと」

手招きされて池谷は困惑したが、元山が「行ってこいよ」と促した。

「コアタイムだから全員入ってるし、少しくらいなら抜けても大丈夫だよ。執行部に逆らいたくないしさ」

じゃあ、と店を出て執行部員に駆け寄る。

「何ですか」

もう一度同じ問いを繰り返した池谷に、執行部員は小声で囁《ささや》いた。

「悪いんだけどさ、ラーメンの出前いっこ割り込みさせてもらえねえ？　トッピング全盛り、豚骨で」

「え、それはちょっと……」

上級生でもあるし、職権濫用《らんよう》とは直截《ちょくさい》に言い辛《づら》かったので言葉を濁す。だが執行部員は池谷に手を合わせた。

「頼む！　一杯だけ！　どうしても！」

執行部には逆らいたくない、と元山も言った。ここまでされると袖《そで》にしにくい。

「すみません、じゃあ店長に訊《き》いてきます。俺、責任者じゃないんで」

「悪い！　急ぎでな！」

また拝んで見送られ、池谷は居心地悪く店に戻った。

「元山、執行部が出前を一杯だけ急ぎで割り込みさせてくれって」

さすがに元山も渋い顔になった。

「えー、それは……」

「どうしてもって拝まれた」

「……それは断りにくいなぁ。来年に影響するかもしれないし」

悩みながらも作業の手は止めない元山に、仲間が声をかけた。

「いいんじゃねえ？　まだそんなに混んでないし、相手が相手だし」

「……ま、いっか。注文なに？」

「トッピング全盛りの豚骨」

トッピング全盛りはすべてのトッピングを増量するメニューだ。トッピング増量は一種類五十円だが、全盛りの場合は割引いてチャーシュー麺と同じ五百円の金額設定である。

「オッケー」

言いつつ元山が空いた振りざるに麺を一玉放り込んだ。もともと手際はずば抜けてよかったが、この三日目までにそれが更に磨かれている。待ち時間はカップラーメン程度だ。

「はい、上がり。行っといで」

箸《はし》と一緒に蓋をした丼《どんぶり》を受け取った池谷は、待っていた執行部員のところへ行った。

「えーと、どこまで」

「悪いね。金ここで払うから大講堂まで頼むわ」

会計をして執行部員は去り、池谷は自転車のおか持ちにラーメンを一つだけ入れて漕《こ》ぎ出した。

着いた大講堂の入り口でも、やはり腕章をつけた執行部員が待っていた。

「お、来たな。こっちまで頼む」

執行部員は講堂の裏口へ向かった。池谷もおか持ちを提げて続く。裏口は舞台の裏に続いており、控え室やトイレ、舞台袖に続く通路などに出入りできるようになっている。

裏口から入った執行部員は控え室の一つをノックした。池谷の記憶によると、一番広い控え室だ。

「失礼します」

室内に入った執行部員に続いて池谷も入る。入って——呆気《あっけ》に取られた。

そうか。そういえば今日か。

コアタイムをフル回転営業する【機研】には無縁のイベントなのですっかり忘れていたが、コンサートのある日だった。

そして今年呼ばれたのは人気上昇中のアイドルだった。名前は小出《こいで》ユウナといったか。池谷は芸能関係にあまり詳しくない。

正直それまで顔もうろ覚えだった。

　だが何だ、この小ささは。大柄な池谷と比べると二回り以上小さい。

そして、さすがアイドルだけあって──かわいい。大神が夏に振られた白蘭のお嬢
なんか裸足《はだし》で逃げ出す。一般人とはレベルが違う。

「わあー、ホントに出前してくれるんですねー！」

　声もかわいい。

「初めまして、小出ユウナです」

半ば呆然《ぼうぜん》として小さな唇から紡《つむ》がれる声に聞き入っていたら、執行部員に肘《ひじ》で軽く
つつかれた。

「おい、【機研】」

　慌てて床におか持ちを置いて開け、丼と箸を出して空いている机に載せる。

「お待たせしました、『らぁめんキケン』です。豚骨全盛り一丁でしたね」

「やだー、お店の名前おもしろーい！　何でラーメンが危険なんですか？」

「あ、それは……その」

　池谷に人見知りという属性はない。慣れると口数が減るが初対面の人間にはかなり
人懐《ひとなつ》こく突っ込んでいけるほうだ。

しかし、これはさすがにサプライズが大きすぎて完全にあがった。

「う、うちの部は機械制御研究部と言いまして。略して【機研】と呼ばれています」

「ああ、【機研】さんが出してるお店だからそんな名前なんだ。何かギャグでつけた名前みたい」

「あ、滑ってなければギャグも入ってると思います」

「私的には滑ってないですよ、大丈夫ー」

ありがとうございます、と答えた頃には口の中がカラカラに渇いていた。

「わたし、学祭のコンサートのときって屋台のものを食べるのが楽しみでー。いつもマネージャーにお好み焼きとかタコ焼きを買ってきてもらうんですけどー。執行部員さんにお薦め伺ったら、こちらの大学には『奇跡の味』を出すラーメン屋があって、出前もしてるってお話しでー。学祭でラーメンの出前なんて聞いたことなかったし、ぜひ食べてみたいと思ってー」

今日は『奇跡の味』なんですか？　小首を傾《かし》げたユウナに、池谷は頷くのがやっとだった。

「ユウナちゃん、そろそろ」

声をかけたのはユウナのそばに控えていた女性である。これがマネージャーらしい。

「じゃあごゆっくりどうぞ」

場を締めたのは執行部員で、池谷もおか持ちを持った。

「出前、どうもありがとう」

ユウナがそう言ったとき、この距離で彼女と会うことは二度とないんだなと思った。

そうしてやっと金縛りが解けた。

「あの、よかったら握手してもらえませんか」

サインがもらえるようなものは持ってきていない。最初に教えてくれていたらな、なんて意外とミーハーな自分を再発見だ。

ユウナはにっこり笑い、「喜んで」と手を差し出してくれた。

自分の手を慌ててジーンズで拭《ぬぐ》う。

握手した手はびっくりするほど小さくて柔らかかった。

「応援してます。コンサートは店があるから観《み》られないけど頑張ってください」

大きく頭を下げ、執行部員に続けて控え室を出る。

「割り込みサンキューな」

執行部員がにやっと笑い、池谷も「こちらこそ」と笑った。

「役得ありがとうございました」

店に戻り事情を明かしてからが大変だった。

「うわー、ずっりーよソレー！　俺が行けばよかったー！」

「どっちだ、ユウナの触った手はどっちだ！」

まったく動じなかったのは営業モードに入っている元山だけである。

「うるせえお前ら、働け！」

言いつつ池谷に群がっていた部員たちの尻《しり》を蹴《け》る。

「アイドル一人くらい何だってんだ！」

池谷も黙って作業に戻ったが、内心では元山に異を唱えていた。

いや、元山。あれは生で間近で見るとやっぱ大したもんだよ。お前も実際に見たらきっと呆然とするよ。

――この小さな事件がもたらした長期的変化と短期的変化がある。

長期的変化としては、その後池谷がひっそり小出ユウナのファンになり、ぽつぽつと彼女のＣＤを集めるようになったこと。

短期的変化としては――

「何だ、この異常な客足は⁉」

コンサートが終わった夕方からである。

『らぁめんキケン』には今までと比にならない勢いで客が押し寄せた。

「何でもユウナがコンサートのトークでうちの宣伝してくれたらしい！『らぁめんキケン』のラーメンがおいしかったですって！」

「池谷、お前ユウナに店の名前言ったのか⁉」

嚙《か》みつくように尋ねた元山に、池谷はやや慄《おのの》きながら頷いた。

と、元山が親指を上に立てた拳《こぶし》を突き出した。

「ナイスな判断です！よくやりました！」

「そ、そうか」

「この勢いだと初日より早く弾切れするぞ！全員気張れ！」

檄《げき》を飛ばした元山だが、最後が抜かりなかった。

「誰か本部に連絡！今日の売れ行きは偶然によるドーピングなので明日以降は期待できません、今日中の再配達が間に合うなら麵を百食追加！今日中が無理なら明日以降の数は六百食のまま、厳重に念押し！」

確かに上野なら、調子に乗ってドーピングが切れた明日以降に七百食などやらかしそうである。

「店長、もやし足りねーよ！」

「他に切れそうなもんは⁉」

「他は大丈夫！」

乾燥ワカメと缶詰のコーンは日保《ひも》ちがするので初日に大量に買い付けてある。

「スーパー閉まる前に誰か買い出しに行け！　もやし買い占めろ！　洗い物のバケツ持ってって帰りに誰かの下宿で全部湯がいて持ってこい！　ラップかけろよ！」

結果として麺の追加は間に合い、その日『らぁめんキケン』の売上げは史上最高の一日七百食、しかもコアタイム内完売を記録した。

＊

そして四日目。

【機研】の部室は至るところに屍《しかばね》が転がっていた。コアタイムまで寝られる部員たちが寝袋にも入らず爆睡している。

「……うあ――……」

その屍の中からむっくりと一人起き上がったのは上野である。

「起きたか。もっと寝てていいぞ。コアタイムまでまだ一時間くらいある」

声をかけたのは備品のパソコンに向かって売上げの集計をしていた大神である。

「いや、目ー覚めちゃったしな」

仕入れは、と訊いた上野に大神は振り向きもせずに答えた。

「問題なし。早朝シフトの奴《やつ》らだけで回させた。もう手慣れたもんだ」

「しっかし昨日は携帯ぶっ壊れるかと思ったぜ」

出前の受付け電話は上野と大神の携帯にしてあったのだが、小出ユウナの宣伝効果のおかげか店じまいまで鳴り止《や》むことがなかったのである。

「追加二百でもいけたんじゃねえ？」

「いや、部員の消耗度を考えると百食が限度だったろ」

店じまいして警備を兼ねたシフトにチェンジするや、上野の携帯には出前の代わりに執行部からの苦情が次々入ってきたのである。その全《すべ》てが部室までたどり着けずに校内の各所で寝オチした部員を回収しろというものだった。

植込みに頭から突っ込んだまま寝ている者あり、道端で行き倒れている者あり――

その度に上野と大神で回収に行ったが引きずって運んでも誰も起きない有り様だった。

「まあ、今日が最後の山だろうな。最終日は例年そんなに売れないし」

「お店の子にはもう一踏ん張りしてもらわねーとな」

言いつつ上野は大きく伸びをした。


「……んだとぉ⁉」

コアタイムも真っ只中《ただなか》の十四時過ぎ、店から本部に入った報告は上野を激怒させた。

元山が店から消えたというのである。

「どういうことだ⁉　あいつが店ほっぽり出してどっか行くわけねーだろ！」

そうは言われても、と店では部員が上野の怒声を無線で受けていた。

「トイレに行ったとき、一緒になった執行部員からまた出前の割り込み頼まれたって言って……一杯だけだし、昨日のユウナの件もあるから義理として断れないっしょ？　執行部のおかげで昨日の売上げが加速したようなもんですし。それに元山、調理台にずっと磔《はりつけ》で腰痛い腰痛いって言ってたから全員一致でちょっと気分転換させようってことになって。そのままその割り込みの出前に出したんです。けど、三十分経《た》っても帰ってこなくて」

出前自転車も一台乗り出されているので、店では出前も滞っていた。

待ってろ、と上野が無線を一方的に切った。その間にも残った部員でシャカリキに店を回す。

やがて本部から折り返しの無線が入った。もちろん通信は上野の怒声だ。

「おいっ！　執行部は今日は割り込み頼んでねえって言ってんぞ！」

イヤホンを挿した耳とは反対側に全員が首を背けた。そんなことをしてもイヤホンに入る無線からは逃れられないのだが、反射である。カウンターの客が一様に怪訝《けげん》な顔をした。

池谷がふと斜向《はすむ》かいを眺めることになったのは、首を背けた角度の偶然である。

開店休業状態のPC研の屋台に、一人しか店番がいなかった。

その店番と目が合った。――逸《そ》らされた瞬間、池谷は店を飛び出した。

店番は椅子《いす》から腰を浮かせたが、しらを切るようにまた座り直した。座って店番ができるとは余裕な状況である。

「――おい、元山をどこにやった」

PC研は斜向かいでずっと見ていた。昨日の執行部とのやり取りを。

詳細を聞いた訳ではなくても、その後ユウナ効果で『らぁめんキケン』が大盛況になった状況や噂《うわさ》を考え合わせたら大体のいきさつは分かる。

執行部員は蛍光グリーンの腕章を着けてはいるが、それは特注ではなく市販品だ。同じ色の腕章を着けていれば執行部員だと学生は思い込む。

そして一回生はPC研の会員とほとんど接触がなく、顔などろくに覚えていない。執行部員を騙《かた》って昨日と同じ状況を作ることは可能だ。

「元山って誰だよ、知らねえよ」

しらばっくれる店番に、池谷は無言で屋台の裏に回り込んだ。

「な、何だよ……うわっ！」

上がった悲鳴は、池谷が片手で店番の胸倉を摑《つか》んでそのまま持ち上げたからである。店番の両足は完全に宙に浮いた。空《むな》しくその両足がばたつく。

池谷は無表情に店番を見据えた。

「あと一回しか訊《き》かないぞ。元山をどこにやった」

あと一回しか訊かない――イコール、その先は実力行使。店番は勝手にそのように判断してくれた。

「ぶ、部長が……！」

やはり池谷が読んだとおりだった。

コアタイムに部員を一人と出前自転車を一台奪えば効果的な妨害になると踏んでのことらしい。主戦力の元山が釣れたのは嬉《うれ》しい誤算だろうが。

もはや単なる嫌がらせである。

「元山はどこだ」

どうせ最初の出前場所からは移動させられて、何らか帰れない工作を受けている。

「それはっ……知らされてない、上野や大神が出てきたら口割らされるからって」

これ以上は本当に何も出てきそうにない。

池谷はパッと手を開いて店番の胸倉を放した。店番はとっさに反応できず、地べたに尻餅《しりもち》をついて怯《おび》えた表情で池谷を見上げている。

「【機研】舐《な》めるな」

恐《こわ》いのは上野と大神だけじゃないぞ、という威嚇《いかく》を存分に籠《こ》めて池谷は店番に背を向けた。

店に戻ると状況をチラ見していた仲間から「どうだった」と口々に訊かれた。無線聞いてろ、と本部に無線を繋《つな》ぐ。

「前線より本部へ。PC研です。腕章で執行部員と誤認させて出前自転車とその要員を奪う計画だったようです。出前先は送り出したときはひとまず第一校舎でしたが、恐らくそこからは移動させられています」

「分かった！」

上野は言うなり無線を切った。何がどう『分かった』か部員たちは考えないことにした。捜索要員として一回生を一人も駆り出さなかったのは、店を全力で回していろという指示である。

ＰＣ研が『成南のユナ・ボマー』を相手取るのか『名字を一文字隠した大神宏明』を相手取るのかは一回生の知ったことではないし、心配してやる筋合いもない。

「あンにゃろうども〰〰〰〰〰〰〰〰！」

無線を切るなり上野は立ち上がった。

「どうする」

どっちが行く、と言外に訊いた大神に、上野は自分の携帯を投げた。出前受け付け用だ。

「出前仕切ってくれ、俺が行く」

「分かった、程々にな」

大神の返事を背中で聞きながら上野は部室を飛び出した。

最初に聞いていた出前先は第一校舎だった。

しかし、校舎の昇降口に着くとまた蛍光グリーンの腕章を着けた執行部員が待っており、配達場所が変わったという。

そして指示されたのは武道場だ。決して体育会系ではない大学で、武道場は学内の敷地の隅に肩身狭そうに建っている。

武道系の部活や同好会もあるが、さすがに学祭中は模擬店参加などで道場を閉めているはずだ。やはり入り口が閉まっていた道場の前で待っていたのは、またもや蛍光グリーンの腕章。

「こっちこっち」

手招きされて道場の裏に連れていかれる。学校に縁の深い武道の師範でも来ているのか、と訝《いぶか》りながらおか持ちを持ってついていくと——

道場の裏手に待っていたのは私服の学生たちだった。

やられた、と一瞬で分かったのは、その中にPC研の模擬店の店長が混じっていたからだ。

お店の子として斜向かいの動向に気を配っていた元山は、店長や上級生何人かの顔なら覚えていた。店長が部長であることも様子から察している。

無地の腕章に引っかけられたことなど今さら言っても仕方がない。思い返せば彼らは自分から執行部員だとは名乗っていない。

出前は出前だ、淡々と終わらせて戻れば済むことである。

「お待たせしました、豚骨チャーシュー一丁でしたね」

「悪いね、割り込みさせてもらって」

にやにやしながら答えたPC研会長に、周囲の仲間たちの嘲笑《ちょうしょう》が被《かぶ》さる。

「いいえ、こっちが迂闊《うかつ》だっただけなんで」

壁にもたれたPC研会長が丼《どんぶり》を受け取る形に差し出した両手に丼を載せる。

すると――

PC研会長はパッとその手を開いた。丼は当然のごとくニュートンの法則に従った。

バシャンと足元にラーメンが飛び散る。スープが元山のジーンズの裾《すそ》にもかかった。

「あーあ、落とされちゃった」

さすがに自制が吹っ飛んだ。

「あんたが自分で落としたんでしょう！」

PC研会長は元山には答えず、周囲の仲間たちに尋ねた。

「なあ、今どっちが落とした？」

「【機研】ですね」

「【機研】の出前です」

こういう奴らか。元山は奥歯を噛《か》んだ。

「落としたのはそっちです。金払ってください」

単なる客なら一杯くらいこぼされても店で被る。だが相手はPC研だ。【機研】の一員として退《ひ》くわけにはいかない。

こういう奴らだと分かった以上、余計にだ。

「見てた奴らが全員そっちが落としたって言ってんじゃねーかよ。むしろ弁償だろ、そっちが」

「わざと落とした人に店から弁償する筋合いはありません」

「こっち客なのにたった一杯も融通できないの、【機研】って心狭いなぁ、おい」

「嫌がらせをする人は客じゃないですから」

その後はずっと押し問答である。相手の狙いは明々白々だったが、ここで退いたら舐められる。店に戻れないことも自転車を返せないことも痛手だったが、ここは絶対退けない。

退いたら上野と大神に合わせる顔がない。あの二人は去年、この連中をたった二人で撃退したのだ。

店はコアタイムだから全員が入っている。自分がいなくても、自転車が一台でも、何とか回してくれると信じるしかない。

そして、時間が経てば元山が戻らない異常にみんな気づいてくれるはずだ。元山はPC研会長と渡り合いながらさり気なく耳に手をやって、無線のイヤホンを外した。そのまま襟《えり》の中に落とす。無線に気づかれて取り上げられたら【機研】の動向はPC研に筒抜け、捜索の裏をかかれる。

「いいから金払ってくださいよ、そっちが落としたんだから」

「こっちには証人がいるんだぞ」

「自分の手下集めて何が証人だよ」

こんな奴《やつ》に上級生だからというだけで敬語を使うこともバカバカしい。

「ムリヤリ同じラーメンで店ねじ込んどいて、勝てなかったからって今度は嫌がらせかよ？　あんた何歳？　小学校からやり直せば？」

PC研会長の顔が紅潮した。

「うるせえ！　そっちだって似たようなもんだろが、ガキがお山の大将でよ！」

ガキという形容詞で大神ではなく上野のことだと分かった。そして——

自分でも意外なほどにぶち切れた。

「ざっ……けんなテメエ！　上野さんは確かにガキでお山の大将で強引で気まぐれでワガママで人の話聞かないし、何でまだ犯罪者になってないのか分かんねえくらいの危険人物だけどなぁ！」

ロケット花火数十発で子供部屋の天井をぶち抜いたため、自宅ではプレハブ小屋に隔離。子供の字で書かれた整理ケースの「かやく」。初めて見様見真似《みまね》爆弾を作ったのは小学校。威力は近所に局地的地震が発生するほど。

思い出せば出すほど犯罪者の素質に恵まれすぎている。

「そんでもあの人は、こんなチャチでケチでチンケな嫌がらせは絶対しねえんだよ！　そんな奴だったら【機研】でお山の大将になんかなれねえんだよ！　お前なんかとは器が違うんだ、あの人はっ！」

さすがに周囲が殺気立った。

タコ殴りくらい覚悟するかと腹を括《くく》ったときである。

遠くから急速に4スト単気筒のエンジン音が近づいて——どんどん近づいて、待てっ！　減速する気配がないのは何でだ！

「元山、そっから一歩も動くなっ！」

上野の声と同時にPC研会長の顔が一瞬で青ざめた。ヒッと喉《のど》で悲鳴を上げながら脇《わき》へ避《よ》ける。

ドンッ、と道場の外壁に着地したのは上野が駆っているオフ車の前輪である。高さはちょうど人の頭とくる。

元山の右目の端にタイヤのスポークがぼやけて見える。あまりに距離が近すぎて、焦点が合わないのだ。

「逃がすかコラァ！」

曲芸のように壁に立っていたバイクが後ろへ下がって着地した、ということは前輪が視界から消えたので判断できた。バイクにバックギアはついていない、クラッチを切って腕力だけで車体を後ろへ押し出したのだろう。

街乗りオフローダーじゃない、林道でガンガン走ってるクチだ——というのは確か入部したばかりの頃に池谷が言ったのだったか。

逃げ惑うPC研の会員たちを、上野はもはや体の一部になっているらしいオフ車で駆り集めていた。右と思えば左、左と思えば右と元山などには信じられない軽快さで車体を振り回す。

逃げ惑って疲れ果てたPC研会員たちがやがて地面にへたり込み、そしてそれまで元山は一歩たりとも動けなかった。――迂闊に動けば自分がバイクにどつかれそうで。

ようやく上野がバイクをアイドリングで停めた。

「元山、大丈夫だったか!?」

「あんたが言う台詞《せりふ》じゃねえ――――――――――!」

ようやく元山は上野を振り向いて喚《わめ》いた。校内だからか上野はヘルメットを被っておらず、それもまた呆《あき》れる材料だ。ノーヘルであんだけ振り回すか、あんたは。

「何っ……てことしてくれるんですか、あなたって人はっ!」

「助けってあの助けにきたんだろ、校内中走り回ったんだぜ。混んでるから大変でさぁ」

「助けってあの助け方だと俺が一番危険ですから！　PC研は来るとこ見えてるからいいですよ、逃げられるから！　むしろ俺っ！　死角の背後からいきなりウィリーで突っ込まれるなんて、一歩間違ったら轢《ひ》かれてるじゃないですか！」

「だから言ったろ、一歩も動くなって。お前が動きさえしなきゃ絶対安全」

「だから！　もしうっかり動いてたらどうなってたと思ってるんですか！　横っ面《つら》をバイクの前輪でぶん殴られて即死もしくは頸椎《けいつい》損傷！」

「動いたら着地点ずらしてやってたから気にすんなって。ちっとくらい軸がずれても転倒なんかしねえから」

「気にしろ、むしろあんたが気にしろ！」

上野が「本気で」出した指示には必ず従わないと命もしくは社会的生命に拘《かか》わる。それが既に学習できていたから気合いで動かずにいられたようなものである。

「で、結局ＰＣ研は何してくれてたんだ？」

流された。もう苦情の受け付け余地は戻ってこない。諦《あきら》めて元山は答えた。

「出前したラーメンをわざと落とされました。そのうえ落としたのはこっちだと因縁つけられて、どっちが代金持つかで押し問答になりました」

「おいこら、ＰＣ研」

上野はバイクにまたがったままＰＣ研会長に顎《あご》を煽《あお》った。

「代金払うか、後日改めてウチとやり合うかどっちにすんだ？　去年は俺と大神だけだったけど、今年は精鋭が九人も増えたぜ。チャチいお前らの因縁で一歩も退《ひ》かないこいつとかな。言っとくが今年のうちの一回は誰を拉致《らち》ってきても退かなかったぞ。お前んとこの店番は、うちの一回に胸倉持ち上げられただけでペラペラそっちの計画喋《しゃべ》ったらしいけどなぁ。まあ、それを見越して出前おびき出す場所を教えてなかったのはさすがに後輩の器を把握してんな」

　PC研会長が悔しげに顔を歪《ゆが》めるが、返事はしない。

「また部室でも賭《か》けるか？　今度は部室交換なんてケチな条件じゃなくて負けたほうの部室接収でいいぞ」

　改めて訊《き》く、と上野の声が本気になった。

「ラーメン落としたのはどっちだ？」

「……俺が……」

「ああ⁉　聞こえねえ！」

「俺が落としたっ！」

「故意か否《いな》か」

「故意だっ！」

「――はい、毎度あり」

　にぃっと笑った上野が元山に顎をしゃくった。

「会計はこちら」

　元山は慌《あわ》てて背筋を伸ばした。

「豚骨チャーシュー一丁、五百円になります。落とされたのはわざとということなのでサービスはしません」

舌打ちをしながらＰＣ研会長は財布を出し、小銭入れを開けもせずに万札を切った。イタチの最後っ屁《ぺ》というところか。

だが甘い。

「はい、一万円お預かりします。お釣り九千五百円です」

元山は釣り銭用のウェストポーチから千円札を九枚と百円玉を五枚数えて出した。出前要員は出動の度に万札の支払いに対応できる釣り銭を用意している。これも元山の指示によるもので、伊達《だて》にお店の子とは呼ばれていない。

「はい、千円札から一緒にご確認お願いします。いち、にー、さん……」

「もういい！」

ＰＣ研会長は元山の手から金を引ったくった。

覚えてろ、と捨て台詞が出なかったのが不思議なくらいの典型的な惨敗《ざんぱい》でＰＣ研が引き上げる。

「元山、お前さぁ」

上野が元山のほうを見ずに問いかけた。

「たかが五百円だったらもう向こうの言い分吞《の》んで解放してもらおうと思わなかったのか？」

「は？」

元山は怪訝《けげん》な顔をした。

「上野さんが訊くんですか、それ。たかが五百円でも【機研】の看板に泥は塗れないでしょ。相手PC研ですよ。今まではちょっと実感湧《わ》かなかったけど、ああいう奴らだって分かったら絶対退けないじゃないですか」

「店、心配じゃなかったか？」

「他の奴らで何とか回せると思って。それに上野さんと大神さんは去年二人であいつら撃退したんでしょ。俺ら九人なのに負けてられませんよ」

「よし。えらい」

肩をばしんと叩《たた》かれた。

「男の子だったな」

「……男の子ですから」

つーか学内で一番凶悪な二人組に揉《も》まれてるのに今さらあんな奴らに動じませんよ。

とは口に出せないが。

「けど……」

「何だ？」

こんな危険な助け方をされるなら、あんなにむきになって上野のことで怒るんじゃなかった——と内心で思いながら「何でもありません」と首を振る。

「何だよ、言いたいことがあるなら言えよ」

「いえ、言っても無駄ですから」

まあいいや、と上野がころっと切り替えて上着のポケットからポータブルの無線を出す。

「上野より全員へ。元山は無事に確保。今から戻す」

短い報告で連絡を終え、上野は元山を振り向いた。

「よし、超特急で戻れ！　自転車一台で出前がきりきり舞いだ、お前が抜けてるのも痛い」

「はい！」

元山は自転車を駐《と》めた道場の入り口へ駆け出した。

戻ると安否を気遣われる余裕もなく作業に叩き込まれた。

店はやはり多少のもたつきが発生していたが、これは出前自転車が一台欠けていたことによる機動力不足が原因だろう。

「元山戻りました！　出前の受注ペース戻しても大丈夫です！」

誰かが本部に連絡を入れた。司令塔は現在大神のはずだ。

客のパズルは代役の一番手が引き受けており、元山はしばらく流れを観察してから途中でそれを引き取った。

途中で池谷に「腰は」と訊かれた。

そういえば出前に出る前は腰痛に唸《うな》りながら調理台に向かっていた。

「おかげでいい休憩になった」

そう答えて笑うと、「お前も意外と神経太いよな」と池谷も笑った。

＊

最終日、例年は三百食仕入れのところを今年は四百食仕入れになった。

朝のミーティングで上野が最後の檄《げき》を飛ばす。

「勝負は夕方までだ、夕方になると店畳むところが増えて終了の気配になるから一般客が退ける。後夜祭は学生の打ち上げみたいなもんだからだらだらになるしな」

「目標は四百食売り切り」

大神も横から付け足すが、上野が渋い顔で頭を掻《か》く。

「……とは言っても、例年最終日は売り切ったことがねーって話でなー。去年も俺ら惜しいとこで無理だったし」

「じゃあ何で例年より弾数増やしちゃうんですか！」

一回生たちの苦情に答えたのは大神である。

「最初から売り切れる数に抑えるのは逃げだ。そんな営業してたらだれるしな。そうでなくても、最終日は気が抜けがちになる。無理目の数を設定して達成努力してこそ緊張感が保たれる」

「遊びじゃねーんだ、遊びじゃ」

上野がえらそうに煽るが、一回生たちは内心一斉に突っ込んでいた。

学祭はフツー遊びだ！

そしてミーティングに参加していた一回生は店番に合流するために部室を出た。

仕込みの責任者になっているため早朝シフトから入っている元山に、ミーティング内容を告げたのは池谷である。

スープを掻き混ぜながら元山は「へえー」と頷《うなず》いた。

「去年は惜しいとこまでいったんだ」

その口元がうっすらと笑っている。はっと同期たちは息を飲んだ。

しまった。――こいつお店の子だった！

「目標完全変更！　達成努力って考えは捨てろ、売り切る！」

「待て元山！　どうやって！　最終日は売上げ悪いって例年のデータが出てんだぞ、しかも今年のノルマは四百食だ！」

「お前らあの二人に目に物見せたくないのか！　特にユナ・ボマー上野！」

元山に怒鳴られ、全員が引っぱたかれたような顔をした。

「俺は目に物見せてやりたいぞ、人の背後から顔の真横にバイクの前輪突っ込むようなイカレ男にはなぁ！」

「お前……根に持ってたんだなぁ」

「持たいでか！　来てくれたのはありがたいけどやり方ってもんがあるだろ！　俺はマジで生命の危機にさらされたんだぞ、むしろ援軍によって！」

「けど、策はあるのか？」

池谷が尋ね、元山は大きく頷いた。

「最終日は攻めの営業に転ずる！　ご用聞きだ！」

「あ、なーる」

全員が納得したように頷く。

「出前の受注って待ちだもんな」

「狙《ねら》いは研究室や実験棟、加えて事務室などの大学職員！　時間は昼前と小腹の減る夕方前！　注文採れなくても出前のチラシ渡せ！　ご用聞きには二人割く、採った注文は無線の予備周波数で連絡！　本部には無断で敢行！」

「じゃ、ご用聞きのときは俺出るわ。もう一人誰か出て」

立候補したのは対外的には人懐《ひとなつ》こさで売っている池谷である。もう一人ノリのいい奴《やつ》が名乗りを挙げて枠が埋まった。

「『奇跡の味』食べ納めってところを売れ、絶対釣れる！」

リピーターは確実についている。年に一度、学祭でしか食べられないという希少感も売りだ。

斜向《はすむ》かいのPC研の屋台は昨日のうちにもう畳まれていた。

そして日が落ちる頃——

本部に無線連絡が入った。

「前線より本部へ。十八時を以《もっ》て完売を達成しました」

「マジかっ！」

目を剝《む》いて応じたのは上野である。そして――

店では無線を聞いていた一回生全員が一斉にハイタッチを繰り返していた。

入部して八ヶ月目、一回生が上野に振り回されたり驚かされたりは枚挙に暇《いとま》がないが、一回生が上野にこんな声を出させたのは初めてである。

「撤収を開始したいのでお二人とも店まで来ていただけますか」

「分かった、すぐ行く」

今度の返事は大神である。そして無線連絡は終了。

本部の役目を終えた部室で、上野は寝袋や毛布が広げ放題広げてある床に引っくり返った。

「ちっくしょ――……やりゃあがった」

「歴代の記録になるな、これ」

大神の呟《つぶや》きに上野は飛び起きた。

「聞いたか⁉　元山のあの取り澄ました声！『十八時を以て完売を達成しました』だとよ！　かっわいくねー、内心は小躍りしてぇくらいはしゃいでるくせによ！」

「まあ今回は後輩に完敗だな」

大神が笑いながら腰を上げる。

「とにかく行こうぜ、記録達成されたからってふて腐れてたらもっと立場ないだろ」

屋台のばらしと倉庫への格納で約二時間。

後夜祭のキャンプファイヤーと軽音部ライブは始まっているが、祭の後のダラダラ感が学内に漂っている。

「よーし、部室に引き上げて集計すっか！」

上野の号令で部室へ引き上げである。

散らかり放題散らかった部室で、今日の伝票を総出で仕分けて集計する。

パソコンに手書きで出したデータを突っ込んで最終計算。

キーを叩いていた大神が口を開いた。

「準備日から今日までの総売上げ……１３７万２５００円」

一回生から怒号のような歓声が上がった。

「純利益は８０万７８５０円」

更に歓声が沸く。

上野は苦笑しながら頭を掻いた。

「純利益だけでほとんど三倍載せやがったかー」

三倍にしろという目標は、当然元手の三十万も含めた話である。純利益だけで三倍近く売り上げたなんて話は、二十年遡《さかのぼ》っても出てこない。総売上げが百万を超えたという話もだ。

「よし、打ち上げだ！ 誰か買い出し行ってこい！」

怒鳴った上野が尻《しり》ポケットから剝き身の万札を引っ張り出した。受け取った部員が数えると枚数は十枚。

「えっ、こんなに⁉」

「四回生から預かった打ち上げ用のカンパも入ってるから気にすんな。使い切れ！」

後輩たちが歓声を上げる。

「なー、全員で行こうぜ！」

「つーか腹減った、飯になるもん食いたい。中華の出前ガンガン頼んで来ようぜ」

「ピザも買わね？ 持ち帰りだったら安くなるだろ、店まで行ってさぁ」

はしゃぎながら出ていく後輩たちに、大神が注意事項を投げた。

「酒買うときは老《ふ》け顔の奴が買えよ。あるいはもう成人してる奴」

＊

「すごいのねー、【機研】の模擬店って」

話を聞き終えた彼女は目を丸くした。

「まだやってるの？『らぁめんキケン』って」

「やってるらしいよ」

「『奇跡の味』のレシピってまだ残ってるのかしらねー」

「俺たちが卒業するまではレシピが引き継がれてたから、その後も引き継がれてたら同じ味でやってるはずだけど」

「でも学祭の模擬店で総売上げが百三十万って……ただごとじゃないわねぇ」

「『本気で遊ぶ』のが【機研】のモットーだったからなあ」

学生の若さに任せた無理と無茶で『本気で遊ぶ』とどういうことになるかを如実《にょじつ》に表した一件である。

それにしても、と彼女がくすくす笑う。

「上野さんってメチャクチャねー、それ」

「ああ、あの人はなぁ、ホントにもう……」

彼も釣られて笑った。

「その一件の後、部内で渾名《あだな》が増えてさ。『クレイジーライダー』って」

「『成南のユナ・ボマー』にしろ『クレイジーライダー』にしろ、穏やかじゃないわね」

あーもう、と彼女が悔しそうに指を鳴らす。

「そんな面白い人だって知ってたら結婚式の二次会でもっと喋っとけばよかった」

「今はかなり落ち着いたからな。火薬遊びも結婚してからぱったりやめたって」

「……結婚するまでは続けてたのかって感じなんだけど」

あ、ねえ、と彼女が点《つ》けっぱなしだったテレビを指差す。

ちょうどバラエティ番組で小出ユウナが出ていた。

「昔そんなにかわいかったなんて意外。今はすっかり図太いバラエティ要員なのに」

「でも生き残ってるんだから大したもんだよ」

彼は何かを懐かしむようにテレビ画面の中の小出ユウナを眺めた。

取り引き、成立
ハードとソフトの
飽くなき挑戦
第5話
勝たんまでも負けん!
がんばれ池谷
(いろんな意味で)
突撃の先にあるものは栄光か玉砕か

*

「……最終決戦の相手はあいつだな」

県立体育館の二階観覧席から特設リングを見下ろして、上野は呟《つぶや》いた。

大神も頷《うなず》く。

「よくバランスが取れてる。結局、最後はパラメータの偏《かたよ》りがない奴《やつ》が勝ち上がってくるからな」

体育館にいくつか作られたリングでは、白熱した戦いが繰り広げられている。——さまざまにカラーリングされた全長30cmほどの自作ロボットの。

そして、舞台にかけられた垂れ幕に大書された文字は——

『〇〇県主催：第一回ロボット相撲大会』。

「あー、もう！」

上野がガリガリ頭を掻《か》きむしった。

「あのセンスのないコンテスト名を何とかしてくれぇ！　今どきロボット相撲て！　ロボット相撲て！」

「二回繰り返した意図は何だ？」

「ポイントだからです、テストに出ます！」

上野は座席にふんぞり返った。

「こーゆーイベントって、後発や派生ほどネーミングの摑《つか》みが大事だろ!? 男のコが燃えるワードじゃねえだろ、本家でもねーのに今どきロボット相撲て！」

「三回目だな」

「レスリングとかバトルとか色々あんだろがよ！」

「お役所センスなんかこんなもんだろ。それにこういうイベントでロボット相撲って定番の名称だからな」

「だからだよ！ 既にして歴史の長い先発イベントがあってしかも定着しちゃってるものを、嬉《うれ》しげに新しい県イベントのタイトルにしちゃうダサさを言ってんだよ！ しかも明らかにネーミングは本家の知名度意識して被《かぶ》せてんのに、大会の競技内容は全然違うじゃねーか！」

上野が本家と呼ぶのは、全日本ロボット相撲大会のことである。規格を最大限有利に使おうとするためか初期からロボットの形も概《おおむ》ねブルドーザー型が定番化しており、その中でのわずかな技術差でしのぎを削っている。

「こっちゃ二足歩行型ロボットの3kg級限定だろ⁉　なんでネーミングからガラッと変えて違いを打ち出さねーんだよ！　ネームバリューにあやかって他県からの参加も当て込んだんだろうけど、ここまで大会の内容を変えてどうして最後にネーミングで日和《ひよ》るかな！　しかも主催側がラジコン式と自律式の区別がつかないのでラジコン式オンリーにしますとかダサすぎ！　それに、ロボット相撲大会優勝っつったらフツー全日本ロボット相撲大会って連想すんだろ！　そこに『いやいやそっちとは全然関係ない県主催イベントです』ってションボリじゃねーか！」

怒濤《どとう》のように不満を垂れ流す上野に大神が苦笑する。

「自分が優勝することを微塵《みじん》も疑ってない辺りが上野だよな」

「いやー、決勝では苦戦すると思ってるぜ？　あいつ思ったよりハイレベルだわ」

「決勝まで残ることを前提に話してることが図々しいぞ、普通。大会はしょぼくても負ける気で出てくるチームはないからな」

「けど見てる限り精度がまだまだだしなー。工業高校や高専が実習がてらの参加って感じのとこばっかかじゃん」

「確かに警戒すべきはむしろ趣味参加のオトナだけどな」

上野がダサいダサいと連呼する原因の一つでもあるが、この大会はルールも甘く、ロボット製作の規定はラジコン式の二足歩行型であることと重量だけに近い。それも3kg。

「重量規定だけハンパに本家のマネだし」

本家では3kgのほかに10kg部門も設けていたことがあるが、この大会で採用されなかったのは手が回らないからだろう。

そうなってくると、趣味に金の糸目をつけないオトナのプライベートチームが必然的に有利になる。3kgなら個人製作でもかなり凝れるのだ。

上野と大神がチェックしているのは現在リングで対戦中の一機だ。全身をゴールドに塗装したやや大型のロボットで、【機研】とは違うトーナメント・ブロックを全く危なげなく勝ち上がっている（トーナメントと言ってもA、Bの二ブロックしかないのだが）。

「あの大きさで重量規定クリアして動きもいいんだから、外装から中身まで軽量素材だろうな」

呟いた大神の横で上野が投げやりに口笛を吹く。

「おっ金持ち〜ぃ」

実際そのチームは金に困っていなさそうな年配男性たちで構成されていた。

「でもまあ、決勝に勝ち上がったのはこっちが先だけどな」

実際【機研】のロボットは、トーナメントのBブロックをほぼ瞬殺でそこまで勝ち上がっている。要チェックのゴールド・マシンはAブロックだ。

「もうこっちもかなり前から優勝候補としてマークされてたみたいだしな」

【機研】が予選を勝ち抜けて決勝トーナメントに進出した後、周囲のチェックは露骨だった。ゴールド・マシン側でも既に【機研】を本命と定めているだろう。

「あー面倒くせえ、なんでせっかくの春休みにこんなしょぼいイベント参加しなきゃいけないんだよ。毎年全国級の大会出てそこそこ結果出してんだから文句ねーだろうに」

「それは部長の日頃の行いの問題だな」

大神の指摘に上野はふて腐れて黙り込んだ。口の減らない上野にしては珍しいことである。

＊

後期試験もつつがなく終わって、部活の大きな行事としては追い出しコンパを残すくらいになった頃だ。

試験が終わった者から春休みに突入し、ここなら暇は潰《つぶ》せるだろうと部員たちが用もなく部室に溜《た》まる時期でもある。

そんな中、牢名主《ろうなぬし》のようにいつでもいるのが上野だ。

勢い、初めての行事について後輩から質問が上がると上野が答える率が高い。

「追いコンって何やるんですか？」

「まずは訳が分かんなくならねーうちに役員改正」

「役員改正って……」

「基本的には三回生から二回生への役職指名と引継ぎだ。今年は三回生が死滅してるし二回の俺らが部長・副部長だからそのままだけど、これは変則例。そんで引継ぎが終わったら卒業生と語りながら延々呑《の》む。屍《しかばね》になるまで呑む」

「……何かいつもと変わらないような」

「まー九十九％男子校の追いコンなんかそんなもんだ」

言いつつ上野は飲んでいたコーラを呷《あお》った。

「けど来年の追いコンは微妙だな」

「微妙って？」

「現三回生・翌四回生がどれほど部に貢献するかで開催が決まるかなぁ。もう完全に幽霊ばっかだし、部費も納めに来ねーし。もしかすると追いコンなしの年になるかもしれねえ」

つーか大神がそういう先輩のために部費使って追いコンやるとも思えん、と上野が呟くと後輩も一様に納得の表情で頷いた。部長は上野だが、実務を取り仕切っているのは副部長の大神であり、会計も大神の管理下にある。どちらが管理してもいいが、上野と大神どちらに任せるかという二択なら文句なく大神だろうし、上野も細かい金勘定は面倒だと嫌っている。

と、そこへ話題の大神が登場した。

「おーい、上野。掲示板に呼び出しの張り紙出てたぞ」

「はぁ⁉」

上野は怪訝《けげん》な顔をしながら大神を振り向いた。

「落とした単位はねーはずだぞ、確か」

この時期に掲示板呼び出し、学生が真っ先に心配するのはそこである。

「ああ、多分単位は関係ない。お前の天敵だ」

「げえっ⁉」

もう上野の天敵といえば隠喩《いんゆ》として全員に通用するようになっている。

「曽我部《そがべ》教授ですか？　上野さん何かしたんですか？」

「おいこら！　俺が呼び出し食らったら何かしでかしたのが前提か！」

「とか言いつつ微妙に不安でしょ」

「うるせえ！」

怒鳴りながら上野は腰を上げ、部室の玄関で靴を履いた。

「曽我部研究室だとよ」

大神が場所の情報をくれたので掲示板を見にいく必要はなくなった。

うわーイヤだな。

曽我部研究室の前にやってきたものの、上野は落ち着かなげにドアの前をうろうろした。

身に覚えはない。――珍しく。

そして、一回生のときのＰＣ研との決闘騒ぎで火器使用で決定的に目をつけられてから、曽我部の授業は必修以外ことごとく回避してきた。二回生になった今年は幸い曽我部の必修はなかった。

どう考えても進級がかかった今の微妙な時期に呼び出される覚えはない。

ていうか、あのおっさんと俺はこんなふうに掲示板なんかで平和裡《へいわり》に呼び出したり呼び出されたりする関係じゃねーだろ。

上野が騒ぎを起こすたびにいちいち指導を食らわさんと竹刀《しない》片手に飛び出してきて追い回される。それが常態のはずだ。

何かの罠《わな》か。

ふむ、と上野は頷いた。——あり得る。

そう考えると却《かえ》って気が軽くなり、上野は曽我部研究室のドアをノックした。

「上野です、入りまーす」

学科や学年などは言うまでもないだろう、と言わんばかりにさっさとドアを開けて中に入る。

「おう、来たか」

研究室にいたのは曽我部一人で、机の脇《わき》には何度追いかけっこを繰り返したことか分からない竹刀が立てかけられている。

「何か用っすか」

追いかけっこや説教以外で言葉を交わしたことがまったくないので、怒っていない曽我部もちゃらけていない自分も違和感があって仕方がない。

「まあ座れ」

顎《あご》でソファを示され、上野は居心地の悪さを押し殺して座った。

そして――あろうことか曽我部は自分が立って茶を淹《い》れはじめた。

一体何を始めた、このおっさんは!?

曽我部が自分に茶を淹れるなんて平和的な応対があり得るわけがない。思わず尻《しり》が浮きそうになる。

「まあ飲め」

湯飲みを出されてついに上野はいつもの地を出した。

「一体何を企《たくら》んでるんすか、あんた」

「別に毒は盛っとらん、茶くらい素直に飲め」

曽我部は上野の向かいで澄まして茶をすすり、そうなると上野も飲まないわけにはいかない。

ここで逃げたら男が廃《すた》る。

そして曽我部が切り出した。

「お前ら、確か秋の研究発表で二足歩行型ロボットを提出してたな」

秋口に行われる大学内の研究発表会の話である。参加資格は研究室から部活、学生個人まで単位を問わない。文化系クラブにとっては翌年の部費獲得へ向けての実績を見せる数少ない機会でもある。

【機研】はラジコン式の二足歩行型ロボットを提出して高い評価を得た。

「はあ……それが何か」

「そこでこれだ」

曽我部が一冊のパンフレットを上野に差し出した。

『〇〇県主催・第一回ロボット相撲大会／参加要項』——

「何すか、これ」

「見てのとおりだ」

ぱらぱらとパンフレットを斜め読みした上野に曽我部が尋ねる。

「感想は」

上野は遠慮会釈《えしやく》なく言い放った。

「ダセえ。っすね」

大会のネーミングからして本家の全日本ロボット相撲大会にあやかろうって計算が見え見え、そのくせ競技内容は全然違うしルールは穴だらけだし（以下略）——後に会場で豪快にこき下ろすことになる意見を上野はまくし立てた。

うんうんと曽我部は黙って聞いていたが、上野が喋《しゃべ》り終わるなり口を開いた。

「お前ら、出ろ」

「はぁ⁉」

ご冗談を、というニュアンスを存分に籠《こ》めた声を曽我部は黙殺した。

本気だ、と察して上野は慌《あわ》てた。

「ちょ、冗談じゃないですよ！　うちの活動実績ご存じですよね⁉」

ロボットバトル系の大会は全国規模のものがいくつかある。【機研】は毎年それらの一つに的を絞って、それなりの成績を修めている。しかも、同じ大会には連続して出ない。毎年違う大会に出てどこまでいけるかという挑戦のためだ。

「資金も労力も一つに集中したいんですよ！　こんな……」

言いつつ上野はパンフレットの表紙をパンと叩《たた》いた。

「ルールもろくに作れねえよな中途半端《はんぱ》な県の自己満足イベントに割く金なんて一銭もありません！」

「まったく道理だ、俺も見通しが甘いイベントだと思っているとも」

「じゃあ何で……！」

「だが、大会運営側にうちの理事長の知り合いがいてなぁ。大会を盛り上げるためにある程度はレベルの高い参加チームが欲しいんで何とかならんか、と泣きつかれてな。そこでお前らご指名だ。光栄なことだぞ、理事長が直接お前らを覚えてたなんて」

「ありがたくも何ともねえー！　お断りお断り！」

「残念ながらお前らに拒否権はない」

どういうことか訊《き》く前に種は曽我部から明かされた。

「お前ら今年の学祭でPC研と揉《も》めたらしいな」

「あれはっ……！」

上野は内心で歯軋《はぎし》りした。――PC研の野郎！

一件の後、上野の天敵である曽我部を味方につけての報復を企んだのだろう。やることなすこと一々【機研】とは相容《あいい》れない連中である。

「異議あり！　あれはあいつらがウチの部員を拉致《らち》して嫌がらせしたのが先だ、責任は奴らにある！」

「それは分かっとる。PC研にはきっちり事情を吐かせた。お前らと因縁があるのは知っとるが、学祭執行部員を騙《かた》って一回生を嵌《は》めた手口はちと悪質だ。おかげで来年から学祭執行部の腕章は名入れの特注にせにゃならん」

確かに、PC研の言い分が通っているなら処分はとっくの昔に下っているはずだ。曽我部は天敵ながら一方的な話で動くような男ではないし、曽我部の事情聴取でPC研がシラを切り通せる訳もない。

「しかし、お前の報復手段も少々行きすぎだったな、ん？　単車ぶん回してPC研を追い回して、あげく武道場の外壁にタイヤ痕《こん》だものな？」

上野は思わず顔をしかめた。――そこから来たか！

まあPC研は自業《じごう》自得としてもだ、と曽我部はもはや余裕で獲物《えもの》を追い込む口調だ。

「武道場の件を俺の胸に納めたのはPC研に非があると判断したうえでの温情だったんだが……これを理事長に報告したらどうなるだろうな？」

「脅迫かよ、きったねえー！」

「何を言うか。俺の温情に【機研】は何か返すところはないのかという話だ」

不本意ながら一本取られた形である。畜生さっさとタイヤ痕など塗り消しておけばよかった、というのは後の祭りだ。

舌打ちしながら上野は机の上に放り出してあったパンフレットを引ったくった。

「条件！　これで武道場の件はチャラだな⁉」

「うむ」

「もひとつ！　【機研】はこの思いつき一発、練り込みの足りないゆるい大会規約にまンま準拠して出場するけど文句はねェな⁉」

「規約にはないが常識として火薬は禁じ手だぞ」

真っ先に目をつけていたルールの穴を封じられ、上野はますますふて腐れた。


「お帰りなさーい」

「何だったんですか？　結局」

部室で口々に出迎えた後輩たちに、上野は仏頂面《ぶっちょうづら》で件のパンフレットを投げた。

「春休みの課題だ。【機研】はこの大会に出場する！」

ええ――ッと一斉にブーイングが上がる。

「やっと後期試験が終わったところに何でそんな……」

「ロボット相撲？　こんな時期でしたっけ？」

「あ、違うわホラ。パンフに県主催って……今回が第一回？」

「ちょ、何だってこんな無名のしょぼい大会にわざわざ金と暇割かなきゃいけないんですか？　来年度って確かＮＨＫ狙《ねら》いでしたよね？」

「うるせ――――！」

上野は後輩たちの不満を怒鳴って蹴散《けち》らした。

「理事長命令だ、理事長命令！　大体お前らが二足歩行ロボットなんて大仰なもんを作るから変に理事長の記憶に残ってこのザマだ、文句言うな！」

「ひでえ！　暴君だよこの人！」

研究発表会で【機研】がそれを作ったのは上野の音頭による。一回生の中にハードの技術全般に長《た》けた臼井《うすい》という部員とソフトに図抜けた入枝《いりえだ》という部員がいたことによる決定だ。

「作るって言い出したの上野さんじゃないですかー！」

「ああ言ったさ！　言ったとも！　けどたかが学内発表会でそうまでハイスペックなロボットを作る必要もなかったという話だ！　調整なしでいきなり歩くよなもん作りやがって！　お前らが無駄に高い技術をひけらかした罰だと思え！」

「製作者の中に二回生が入ってること棚に上げてませんかー!?」

上野VS一回生でやいやい言い合っている最中、無言で池谷が腰を上げた。

「あれ、池谷どこ行くの」

尋ねた元山に池谷は既にすべてを受け入れた口調で答えた。

「みどりの窓口。帰省の切符取ってあったんだけど、大会後の日取りに替えてくる」

「あ……ああ、そう……」

元山も声のかけようがなく曖昧《あいまい》に手を振った。

池谷を見送った一回生たちが無言で上野を振り返った。

「……何だよその目は」

「分かりません？」

「やかましい、池谷のあの潔《いさぎよ》さを見習えお前らは！　出場と言ったら出場だ！　命令に変更はないッ！」

上野は暴君権限を発動するときの口調で言い放ち、後輩たちの抗議を無視するようにずかずかロフトに上がっていった。

一回生たちが救いを求めるように大神を見たが、

「まあ、理事長命令なら仕方ないだろ。池谷にしたって池谷だけ抜けて帰省って手もあったのに自発的に部活を取った訳だからな。それは上野の責任じゃないし、お前らが池谷の代わりに上野を責める筋合いもない」

ごもっともな理屈には蟻《あり》が立ち入る隙《すき》もなかった。

上野がふて腐れてロフトを占拠したまま晩飯時になり、上野と大神だけ近所の中華屋に食べに出た。

安さと盛りが取り柄の中華屋で、大神がラーメンをすすりながら苦笑した。

「何でお前はノリがいいくせに変なところで立ち回りが下手かなぁ」

「……うるせーよ」

「どうせアレだろ、学祭のときのPC研との騒ぎを盾に取られたんだろ。曽我部教授も食えないからな」

上野は子供のような膨れ面のまま天津飯《てんしんはん》をがっついている。

「PC研がお前と揉めたら、お前の天敵に巧《うま》く告げ口しようとしないわけがないし、その割に何も処分なかったからな。曽我部教授の采配《さいはい》だろうからどっかで借りを返すことになるのは自明の理だったけど、あいつらまだまだ青いよな」

まぁ池谷はちょっと分かってたみたいだけど、と大神がまたラーメンをすする。

「お前ももうちょっと後輩が納得するような言い方あったろ。学祭の件で借り返すって言ったら当事者の元山が気にするのは分かるけど……」

「言うな言うな言うなうるさい黙れ！」

上野が飯粒を散らしながら怒鳴り、大神が顔をしかめてラーメンの丼《どんぶり》を避難させる。

「黙れはお前だろ、汚ねぇな」

「お前がおかしなことを言うからだ、人を勝手にちょっとイイ先輩みたいなキャラにすんじゃねえ！　俺にとって後輩なんか常におちょくって遊んで君臨する対象でしかないっ！」

「素直じゃねーな、このセンパイは」

大神の目は笑っており、上野がますますふて腐れる原因になった。

晩飯を終えて部室に帰ると、後輩たちから「お帰りなさい」と声はかかりつつも、窺《うかが》うような気配で迎えられた。

ことさらに不機嫌顔のままで「おう」と適当に答え、さっさとロフトに上がる。

と——

梯子《はしご》を登った入り口にコーラとポテトチップスが揃《そろ》えて置いてあった。

ポテトチップスの袋に貼《は》られた付箋《ふせん》には、乱雑な男文字で『お供え』。

ああもうコイツらは。

上野たちが出かけていた間に何か思うところがあったらしいが、

——イイ子すぎて恥ずかしいんだよ、バカ！

「何だよ、うす塩かよ。俺コンソメのほうが好きなのに。お前ら全員センパイの好みを把握してなかったから減点な。一発で人のコーヒーの好みを覚えるお店の子がいるのに大失態だな」

「そんな！」

元山から抗議の声が上がる。

「お菓子はいつも味も種類もいろいろ買うじゃないですか、誰がどれを好んで食べてるかなんていくら何でも覚えてませんよ！　甘党か辛党かくらいしか！」

「何だよ、お店の子の底力ってそんなもんかよ」

と、階下から派手に吹き出す大神の声がした。

「大神うるせえ！」

「仕方ねーだろ、面白すぎるわお前」

「今すぐ黙らねーとうす塩砕いて上から撒《ま》くぞ！」

「やめてえええ！」

悲鳴は後輩たちから上がった。掃除のお鉢は後輩に回ってくるのが読めている。

「大神さんお願いですから黙ってぇー！」

後輩たちが必死で大神に取りすがっているが、大神は余計ゲラ笑いになった。上野はその光景を見ながらポテトチップスを一枚囓《かじ》った。

「バーカ、火薬は撒いても食い物撒くような悪ふざけするかよ。そういうとこは躾《しつけ》がいいんだよ、俺は。見切れてなかったからお前ら減点その二」

「火薬を撒くのは悪ふざけじゃなくて犯罪だー！」

「しかもそれを躾がいいと言い切った！」

部室の空気は完全にいつもどおりだ。

「そんで例のしょぼい県大会だけどなー」

上野がロフトから声をかけると、後輩たちは「はーい」といいお返事だ。

「はっきり言ってこんなもんに注《つ》ぎ込む余分な金はないので、研究発表会に提出した【機研】号を素体にしてカスタムする。異存ねーな？」

大会規約によるロボットの規格は遠隔操作式の二足歩行型、重量3kg以内である。

【機研】号も遠隔操作式、二足歩行までは同じだ。夏休み中のロボットバトル系大会で自律式ロボットを作ったので、発表会ではウケる動きを狙いどおりに細かく繰り出せる遠隔操作式にした。

自律式は稼働《かどう》させたら内蔵されたプログラムとセンサーで状況を判断して動き続け、操縦を必要としないタイプ。

対して遠隔操作式は無線などによるコントロールで状況に応じたプログラムを選択

し、操縦できるタイプをいう。ラジコン式とも呼ばれ、操縦者のテクニックも勝敗の大きな要因となる。

「発表会に提出した【機研】号は重量3・5kgですから相当削ることになりますね。どっちかというとデチューンですか。機能もいくつか削らないと」

即座に答えたのはハード担当だった臼井である。

「いろいろ余計な機能をつけて遊んだからなー。ルールで有効技に繋《つな》がる動作系だけ残せば何とかなるだろ」

「そうですね、まあ強度計算がちょっと手強《てごわ》いかなっていうのと、あとは構造設計のやり直しが面倒ですか。動作系いくつか抜いて重心の取り直しになりますから。でも、どっちかっていうとやっぱり……」

そうだな、と上野も頷《うなず》いた。

「ソフトの組み直しだな。おい、ソフトの星。何とかなるか？」

ソフトの星、と呼ばれたのは入枝である。各種プログラム言語を自在に操り、ことソフトに関する限りおそらく大学の課題はこの先卒業するまで入枝にとって手遊びのレベルでしかない。市販のソフトを渡すとプログラムを解析するくらいは朝飯前で、カスタムまでやってのける。

入枝の知人には入枝レベルの技術を持った人間が珍しくないらしく、一度酒の席で誰かが冗談混じりに「お前らでセキュリティも効かないようなすっごいウィルスとか作れたりしないの？」と訊《き》くと真顔で「とにかく被害を甚大《じんだい》にすることだけを考えろっていうならそういうものは作れるよ。やらないけど」と答えた。

何故《なぜ》やらないのかというと「そんなことしても面白くないじゃん、俺が得するわけでもなし」との返事で、それじゃ面白かったらやるのか、と居合わせた全員が一斉に内心で突っ込んだはずである。

ライフラインまでコンピュータに依存している現代、彼らが社会を混乱させようとしたらそれは簡単に達成される。しかも、その惨事が実現しないのは、単純に彼らの興味が破壊に向いていないだけといううっすらとした恐怖を味わった一件だった。

その入枝がすらすら答えた。

「残す動作系と最終的な仕様が決定したら、そんなに時間はかかんないと思います。削った動作系の分プログラムが軽くなりますから、速さでも上げときますか？」

「その辺は部品の強度を見ながら相談だな。ソフトが走っても機械の耐久性がついていけなかったら意味ねえし」

入枝の作るプログラムにはそんな心配がリアルであり得る。

「改造の経緯は詳細に記録を取っておくこと。どうせ出場するならせめて経験値でも蓄積しないとな」

大神がまとめ、上野が不満そうにロフトの上で足をぶらつかせた。

「なーんでお前がそゆとこまとめんだよ、部長俺だろー？」

「じゃあ部長から何か締めろよ」

大神に見上げられ、上野はぶらつかせていた足を梯子に載せた。

「最低目標、決勝進出！　最大目標、曽我部に目に物食らわすこと！　以上！」

そして追いコンの段取りを組みながら【機研】号を改造する春休みが始まった。


「自分から倒れてもダウン取られるってことだから寝技系は要らないな」

「このスライディングとかめちゃくちゃアウトだろ。誰だよ、こんなもんつけたの。こんな大規模な動作系抜いたら絶対大狂いするぞ」

「俺だよ、何か文句あんのか」

「上野さっ……！　いえ、全然！　いやー難易度の高い課題やり甲斐《がい》あるなー！」

無駄な高機能とは一体誰が言いはじめたか、【機研】号はその無駄な高機能を着々と削《そ》がれていった。

県の大会を勝ち進むのに必要な動作系を洗い出し、それ以外を取り払う。

さらに、大会用として「あると便利な機能」を付け足す。そのうえで重量と強度、重心の調整だ。

ハード作製を得意とする臼井の指揮で素体が完成し、ソフトは入枝の独壇場だ。他の部員はソースを見せてもらいつつの学習である。

動作系の一つ一つがスムーズに走ることは当然として、その動作系を組み合わせた『技』とその『技』を繋ぐプログラミングが見事だ。

「やっつけ仕事だとこの辺りが限度ですかねー。もう少し練ったら、もっと速く処理できるんですけど」

「却下！」

NG指令はハード製作責任者の臼井から出た。最終段階のテスト機動だったのだが、既にして涙目である。

「むしろ処理速度落とせ！　駆動系がついてけねーよ、物理的な限界があんだから！　この速度で振り回してたら決勝行くまでに自滅する！　一回こっきりの対戦じゃねーんだぞ！」

「あー、そっか。ごめん、うっかりしてた」

「テストだけで関節一つ潰《つぶ》しやがって～～～～！」

いわゆる連続技を試したときに臼井が「あーっ！」と悲鳴を上げたのである。

連続技そのものはパンチや小足払い、蹴《け》りなどの五つほどを繋げたものだったが、なにしろ処理速度が異様だった。臼井は駆動中のわずかな破砕音に気づいたらしい。

テスト機動を中断させたのも臼井である。

「基盤だって焼き付くぞ、こんな無茶なプログラム！　ソフト屋はハードの耐久性を考えないからイヤなんだよっ」

「だからごめんってばー」

「まあ、プログラムとしての完成度はぶっちぎりだろうけどな」

大神が苦笑しながら仲裁に入った。

「せっかくだから入枝も少し加減って概念覚えろ。ロボット工作はソフトとハードのバランスが整ってこそだ。大会に出る以上はハード側に規格制約があるわけだし」

「でもまあ、完成は見えたな」

上野が腕を組んでふんぞり返る。

「そろそろ操縦者決めて練習に入らねーと」

「操縦者は誰にします？」

全員それなりにゲームなどをやり込んでいるので、誰が担当してもそこそこに操るだろう。

だが上野は最初から操縦者を決めてあったらしい。その指名に一番驚いたのは本人のはずだ。

*

「最後はあの金色が上がってくるなー」

対戦中のゴールド・マシンを、一階の観客席からハンディカメラで録《と》りつつ元山は呟《つぶや》いた。次の対戦相手や有力候補の動画を集める情報収集役は几帳面《きちょうめん》な元山には適任だった。

「ゴールドライター号ってどこから持ってきたネーミングだろなー」

「知らん」

珍しく投げやりに池谷が答えたとき、ゴールドライター号が決勝進出を決めた。

「よし、これで情報収集完了、と」

カメラの電源を切り、元山は池谷に尋ねた。

「池谷、勝てそう？」

「知らん。けどやるしかないだろ、担当なんだし」

あははと笑って元山はカメラをバッグにしまった。【機研】のロボットも対戦相手に今まで散々録られている。

「俺、池谷がやさぐれてるとこ初めて見たかも」

「別に振られた役割は果たすけどな」

「うん、池谷が操縦役って適任だったと思うよ。お前、肝太いし動じないから試合の状況もよく見てるしパニクらないし」

そういうとこ、上野さんはよく人を見てるんだよなー。元山は呟きながら二階席の先輩二名をちらりと見上げた。こちらに気づいて大神のほうが片手を挙げる。

試合が全て瞬殺だったのは池谷の本番での平常心による。度胸があることは一回生の中でも随一だが、何しろとっさの事態に動揺しない。対戦相手が焦《あせ》って操作ミスで空回るタイミングを逃がさず仕留める。

ゲームなどのテクニックだけなら池谷より器用な奴《やつ》はいくらもいるが、試合運びが冷静であるという点においては池谷の上をいく者はいない。――ということは全員が認めている。

確かに人間の観察力はすごい、と池谷は上野について頷いた。

「あの人の采配《さいはい》は必ず適材適所だからな。お前を対戦相手の情報収集役にしたこともそうだろ。お前そういうの向いてるしな」

「うーん、確かに前に出るのは苦手かなぁ。自分でも裏方向きだと思うよ」

学祭では店長役を振られたが、模擬店の店長はある意味最大の裏方だ。

「前に出るのが苦手だから裏方向きってわけじゃない。上野さんもそんな安易な采配しないだろ。お前の几帳面さが向いてるんだよ、情報収集とか分析に。自分の特性は覚えといたほうがいいぞ、せっかくの武器なんだから」

「そういうもんかなー」

元山としては、池谷の度胸や先輩二名の大胆さが羨《うらや》ましく思えるばかりだ。物事に細かいという自分の性格を前向きに捉《とら》えたことはあまりなかった。

「けどあの訳の分からんツンデレ属性は何とかなんねーかな、上野さんは」

池谷が溜息《ためいき》をつく。

ツンデレとは池谷も元山も【機研】に入部して同期から教わった言葉だ。人前ではツンツン、二人きりになるとデレデレと甘ったれになる天《あま》の邪鬼《じゃく》な性格を示すオタク的表現らしい。

上野にその単語を使うことが適切かどうか、そこまで二人はそうした用語に詳しくないのだが、天の邪鬼ということなら上野の右に出る者はいないだろう。

「まあ、あれは……なあ。一応、上野さん的にはお前に悪かったと思ってのことだと思うけど。やむを得ない事情があったとはいえ、結局お前の帰省を邪魔したわけだし……」

やむを得ない事情に関わっている元山としては歯切れが悪くなる。

「別に邪魔されたとは思ってない。【機研】が何かやるなら自分が抜けてるのはイヤだと思ったのは俺の意志だ。よしんば悪かったと思ってのことだとしても、何でそれが本人への嫌がらせに滑るんだ？」

「そりゃもう上野さんだからだとしか……お前が嫌がってるって察した瞬間から完全に面白がる方向にシフトしたしな。お前があういう隙《すき》見せるのって珍しいし、そりゃ嬉々《きき》としていじりにくるだろ」

二階席で上野と大神が立ち上がった。親指で下を示しつつ移動する。ミーティングの合図だ。

それを機に元山と池谷も会場を後にした。

ミーティングとはいえ、チームそれぞれに控え室などがあるわけではない。会場となった県立体育館のあちこちに参加チームが早い者勝ちで巣を作っているだけの話である。

その巣も三位決定戦と決勝戦を残すばかりになると徐々に畳まれ、空間にゆとりが出てくる。アメニティの充実した休憩コーナーなども空《す》いてきたが【機研】は最初に占拠した一階ロビーの階段裏から動かなかった。

並べられた観葉植物が目隠しになってメンテナンス状況などを他のチームに窺《うかが》われにくいからである。それに階段裏は意外と空間がゆったりしていて居心地も悪くない。

その巣で元山が録り溜めたゴールドライター号の試合内容をチェックする。

「勝ち方がワンパだな」

上野がフンと鼻を鳴らす。元山が抽出した動画の中でゴールドライター号の勝ち方はすべてフォールだった。

大柄だが機体のバランスは取れており、しかも重心が低い設計になっているのか、攻撃されてもなかなか姿勢が崩れない。対戦相手が何とか足回りを崩そうとして技を仕掛けたところを力尽くで組み合い、上から折り重なって諸共に倒れる。

敵を組み伏せた場合はフォールとしてダウンを取られないので一本だ。

「これ金に飽かせて相当いい部品使ってますね。力比べになったら高校や高専レベルの予算で作る機体が勝てるわけない。出力が違います、モーターだけでいくらかけてんだか」

動画を見ながら唸《うな》ったのはハード担当の臼井だ。

「かーっ、大人のくせに大人げねーおっさんどもだな！　そこまで金かけた機体ならもうちっと魅せる試合してみろっての！」

上野が顔をしかめた横で大神が尋ねた。

「うちの機体はどうなんだ」

「設計自体は圧倒的に勝ってますよ、技もこっちのほうが複雑だし。ただ、やっぱりパワー差はどうにもなりません。摑《つか》まったら振りほどくのは一苦労でしょうね」

出力差に物を言わせたワンパターン勝ちのゴールドライター号は、もう「勝つのが当たり前」という雰囲気ができているらしく、途中から試合も盛り上がらなくなったという。

「つまんねー奴らだな、おい。うちには負けるとしてもそこそこバランス取れた機体作ってんのに力押しだけかよ」

「その点、うちはどうだったんですか？」

情報収集役で駆け回っていた元山は、自チームの試合は腰を落ち着けて観《み》ていない。ちらちら眺めて池谷の落ち着いた試合運びを確認していたくらいだ。観客の様子までは確認していない。

その元山に上野はしかめっ面《つら》をころっと一転させてにんまりした。

「うちは悟ちゃんが魅せたぜぇ」

言いつつ上野が自分より大柄な池谷の肩に腕をかけた。悟ちゃんと呼ばれた池谷は横を向いてうんざり顔である。池谷のリアクションとしては珍しい。

しかし同期も「そうそう」と口々に上野の言葉を補強した。

「観客沸かせたってことならウチが一番じゃねえ？」

「池谷がパイロットって適任だったよ、格ゲーとかだとあんま巧《うま》くないのにな」

池谷が試合でいかに的確に機体をコントロールして器用に技を繰り出したかが多少興奮気味に語られる。

「へえー、そんなに盛り上がったんだ」

「トーナメントの途中からうちの試合のギャラリー増えたもん」

「決勝戦が楽しみだな。俺、落ち着いて観られるの次が初めてだし」

「まあ期待しとけよ、ワンパな金色なんかに負けねーから」

自分で操縦するわけでもないのに上野は勝手に自信満々である。

「ワンパなのは多分プログラムの問題だと思いますよ」

横から口を添えたのは入枝だ。

「基本的な動作を手堅くプログラムしてあるだけなんじゃないかな。ワンパにしてるんじゃなくてワンパにならざるを得ないっていうか、複雑な動きを組める技術がないんじゃないかと」

「そういえば操縦もあんまり器用じゃありませんでした」

元山も付け加える。

「相手が近づいてくるのを待ってから摑まえてフォールって感じで」

「付け入る隙がないわけじゃなさそうだな」

大神が頷《うなず》き、上野が臼井と入枝を指差した。

「泣いても笑っても次で終《しま》いだ、ハードもソフトもリミッター取っ払え」

「リミッター飛ばしたら壊れるかもしれませんよ」

「構うか。向こうが力押しでくるんならこっちも全開にしないと不利だ。どうせ他に使う当てもない機体だし、ここで見せ場作って何ぼだろ？　ギャラリーも期待してるだろうし、魅せる試合ってもんをおっさんどもに教えてやれ！」

既に上野の目的は横滑りしているらしかった。

三位決定戦から地元ケーブルTVのアナウンサーが司会についた。ケーブルTVという辺りに大会の規模が現れている。

そしてこの段階から試合には操縦者と整備者二名の他にセコンドを一名つけられる。

【機研】のセコンドは当然のごとく上野だ。

試合の形式は三本勝負である。三位決定戦は最後の一本までもつれ込む接戦となり、いい戦いを見せた。両チームの技術レベルが拮抗《きっこう》していたこともあるだろう。

「さて、いよいよ決勝戦です！　試合開始の前に栄《は》えある決勝戦に進出した両チームにお話しを伺いましょう！　まずはAブロックの『チーム・メカ次元』！　これまでの試合はすべてフォールで決めて勝ち上がっています！」

熟年の司会者がそう紹介し、『チーム・メカ次元』にインタビューを開始した。

「決勝まですべて二本先制でしたね！　お見事でした！」

「ありがとうございます」

丸いのから痩《や》せ型までバラエティに富んだ体つきのおっさんどもの中で、セコンドらしい丸いおっさんが答えた。

「フォールは得意技なんですか？」

「ええ、まあ」

そんなやり取りに、上野が仲間のほうを向いて顔をしかめた。「それしか能がないだけだろ」と小さく吐く。

「ロボットの名前の由来はやはり……」

「ええ、そうですね」

「チーム名も……」

「まあ、私たちの年代ですとねえ」

司会も含めておっさんどもで勝手にウケている。何か元ネタがあるらしいが、若い連中にはさっぱりだ。

「『チーム・メカ次元』、決勝戦に向けての抱負をどうぞ！」

「『必勝！』です」

なーにが必勝だ、とまた上野が毒を吐く。

そして紹介が【機研】に移った。

「対するBブロックの覇者は、『成南電気工科大学【機研】』チーム！　多彩な技と的確な操縦でやはり全試合を二本先取で勝ち上がってきました！」

と、会場から大きな拍手が沸き上がった。『メカ次元』のときもお義理程度の拍手は沸いたが、【機研】ほどの盛り上がりではなかった。

「おーっと、これは会場にかなり贔屓《ひいき》のお客さんがいるようですね」

「おかげさまで」

答えた上野は鼻高々である。

「この【機研】というのはどういう意味ですか？」

「機械制御研究部の略称です」

「なるほど、部活の名称なんですね。そしてロボットの名前は……」

池谷が何もかも諦《あきら》めきった表情で小さく溜息をついた。上野はそんな池谷を歯牙《しが》にもかけず、意気揚々と言い放った。

「サトルくん1号です！」

「由来は何でしょう」

「操縦者の手腕に敬意を表しました！」

「操縦者というと、こちらの彼ですね。つまり彼の名前から採った、と」

「はい！」

観客席に陣取った他の部員たちとしては苦笑するしかない。

完成したカスタムバージョンの【機研】号に新たな名前をつけると言い出したのは上野である。

そして、提案された名前は『池谷悟1号』だった。上野なりに池谷の帰省が遅れることを詫《わ》びたつもりであることは全員分かったが、同時に「俺ならこんな詫びられ方は絶対イヤだ」と思ったことも事実である。

それは池谷ももちろん同じだったらしく、とっさに「イヤです！」と声を上げ——

それが甚だ上野のふざけゴコロを刺激したようだ。

ん、これだとイヤか？　俺としては操縦者の栄誉を称《たた》えたつもりだったんだけどな。

じゃあ他に何がいい？

いや、いいですホントに！【機研】号でいいじゃないですか！

いーや、それじゃ俺の気が済まん。

気が済まないのはもはや別の意味でだろう、という突っ込みは周囲の誰からも入らなかった。下手に口を出して矛先が向いたら困る。同期は内心で詫びながら、しかし迷いなく池谷を見捨てた。

『池谷無敵号』とかどうだ？　何、これもイヤ。じゃあ『疾風池谷号』。『マシン・ザ・池谷』。

候補を出すごとに名前はどんどん酷《ひど》くなり、最終的には『行け行けサトルくん』と『サトルくん1号』の二択から苦渋の思いで池谷が選んだ次第である。

今まで滅多に迂闊《うかつ》を踏むことのなかった池谷としては痛恨事だっただろう。

【機研】チーム、決勝へ向けての抱負は⁉」

訊《き》かれた上野はにやりと笑った。そして、

「『勝たんまでも負けん！』です！」

会場がどっと笑いで沸く。

「これはなかなか粘り腰の強そうな抱負が出てきました！　頑張ってください！」

そして両チームは試合直前の最終セッティングに入った。

「速攻だ、とにかく速攻で行け！　あいつら操縦は大して巧くないし、プログラムもそう速くない。速い動きで揺さぶれ」

作戦は既に立ててある。上野の指示に池谷は短く頷き、そして試合開始のブザーが鳴った。

一本負けの条件はリングに倒れること。これは敵の攻撃、自己の転倒を問わない。

そしてリングアウトは二回で一本。

ゴールドライター号は今までのパターンどおりこちらが仕掛けるのを待つ腹らしい。肩慣らしがてらか微妙にその場で小さな動きを試しているだけだ。

池谷はそこへまっすぐ突っ込んだ。速度は敢《あ》えて抑える。『メカ次元』の操縦者がトーナメントで経験した速さ程度に。池谷は今までの試合も対戦相手のマシンの速度に合わせた操縦しかしていない。これはスペックをできるだけ秘匿《ひとく》しろという上級生二名の指示だ。

速攻の指示は初めて出た。

ゴールドライター号がサトルくん1号を捉《とら》えようと前に踏み出す。池谷は機体を左に振って回避、案の定ゴールドライター号が左に釣られ、――瞬間空いた右の空間をすり抜ける！

「おっと、これは⁉」

司会が声を上げる。

「サトルくん1号、今まで見せたことのないスピードです！　これは今まで温存していたか⁉」

いざ試合が始まると痛恨の機体名称をアナウンスされても動じない。池谷は冷静に敵の右脇《みぎわき》を回り込み、背中側にショルダータックルをかましました。そして、

　サトルくん1号を摑まえようと前傾姿勢に入っていたゴールドライター号は、その姿勢のままで更に前へと傾《かし》いだ。『メカ次元』操縦者が踏みとどまろうと操作するが間に合わない。

　会場が一斉にどよめく。まるで大きな木が倒れるように──ゴールドライター号が前のめりに倒れた。

「サトルくん1号、一本！」

　審判の旗が揚がる。【機研】チームの色は白だ。

「おお──っと！　ゴールドライター号に初めて土がついたァ！　決勝戦、先制は【機研】！」

　頑張れ【機研】ー！　と会場から声が上がる。部員ではない。

　二戦目の開始前のセッティングには臼井と入枝が飛び出す。上野が池谷を見上げてニッと笑った。

「期待されてるぜ、悟ちゃん」

「最善は尽くします」

「おっさんどもも悔しそうだぜ、見ろよ」

　今までは余裕綽々《よゆうしやくしやく》だった『チーム・メカ次元』のメンバーが、忌々《いまいま》しげにこちらを睨《にら》んでいる。

「いやぁ、大人げなくていいねえ」

「大人げなくて気に食わないんじゃなかったんですか」

「金に飽かせた機体作りは気に食わねえけどな。負けてあんな露骨にむくれるくらい本気で遊びに来てるとこは気に入った。大人たるものああでないと」

両チームのセッティングが終わり、臼井と入枝も戻った。

そして二戦目である。

「あっ、クソ⁉」

始まるなり上野が舌打ちした。

開始と同時にゴールドライター号が両腕を水平に上げたのである。大柄なゴールドライター号が腕を広げると、リングの面積をかなり圧迫する。これをかわして背後に回ろうとすると、逆に自分がリングアウトを取られかねない。

池谷は左右に機体を振ってフェイントをかけるが、ゴールドライター号は動こうとしなかった。一戦目で懲《こ》りているのだろう。中央で待ち受ければどちらに突っ込んできてもサトルくん1号を摑まえられる。

ときどきサトルくん1号を摑まえようと動く腕をバックでかわしつつ、池谷が小足払いなどをかけるが、

「駄目だ、小技じゃバランス崩せねえ！」

上野がすぐに見切った。重心が低いゴールドライター号はその程度では揺らがない。

敵ながら堅実な作りだった。

「臼井」

操縦しながら池谷が尋ねた。

「助走つけて突っ込んだら倒せるか？」

「分かんねえ……向こうは完全に前傾姿勢で構えてるし、背中からならチョイ押しで一発だけど正面切ってぶつかって3kg引っ繰り返せるかどうか。正直言ってこっちのモーターは奴《やつ》ほどの出力はない」

「プログラム上なら倒せるだけの速度は出るよ、リミッター切ったから」

入枝が口を添えるが臼井は「保《も》たない」と反対した。

「リミッターカットした入枝のソフトで突っ走らせたらこっちのモーターが焼き付く可能性が高い。相手にこらえられたらアウト、三戦目は棒立ちで迎えることに……」

「不安要素が可能性の問題なら突貫するのが男のコだろ」

上野があっけらかんと言い放った。

「リング大して広くねえんだし、それも距離いっぱい走る訳じゃない。保つ可能性もあらぁ。池谷、助走距離取れ」

上野の決定は絶対である。それ以上は臼井も言わなかった。

攻めあぐねた様子を装《よそお》いつつ池谷は自機を後方ギリギリまで下がらせた。

「よし行けっ」

上野が小声で出した指示に従い、池谷は出力一杯で自機を走らせた。

いかにもモーターに負担がかかっていそうな駆動音が会場内に響く。

と、こちらの意図を読んだかゴールドライター号が前進した。

「まずい、助走距離が足りない！」

臼井が叫ぶが今さら止まれない。池谷はそのまま突っ込んだ。

外装がぶつかり合う音がリングに響き、――会場がシンと静まり返った。

サトルくん1号がややリング際《ぎわ》に押された位置でゴールドライター号と組み合っていた。

ゴールドライター号が一気に振り下ろした両腕を、サトルくん1号はやはり頭上に振り上げた両腕で受け止めた形だ。

池谷のとっさの操作である。組み合ったことで却って力技では潰《つぶ》せないバランスになっている。

だが、ゴールドライター号はそのままじりじりと前進を始めた。このまま押し出しで試合の流れを変える腹だろう。

「こらえろ！」

上野から真剣な声が飛ぶ。池谷の操作は上野の指示と同時、あるいはやや早い。

「おおっ、これは⁉」

司会が叫び、会場も沸いた。

池谷の操作でサトルくん1号のふくらはぎから外装板が一枚剝《は》がれ、後ろに倒れた。徐々に後ろへ押されていたサトルくん1号がその場にぴたりと止まる。

「ついにギミック使いましたねー」

観客席の元山が試合の様子を録《と》りながら呟《つぶや》いた。隣の大神が難しい顔で腕を組む。

ふくらはぎから剝がれた外装は倒れて接地する面が滑り止めになっている。単純な仕組みだが、こうした細かいギミックを組み込むにはハード・ソフトともかなり面倒な作業が必要だ。

「滑り止め！　ただいま両足から倒れた板は、滑り止め装置だそうです！　【機研】、これは設計が細かい！　遊び心が満載だ！」

　盛り上がる会場に比べ、大神の表情は渋い。

「どこまでギミック使うことになるかだな」

「ですねえ」

「でもまあ、出場したことで義務は果たしたわけですから。最初の依頼だった大会の盛り上げには充分貢献してますよ」

　後輩たちの相槌《あいづち》は完全に他人事《ひとごと》だ。

「曽我部教授がそれで納得するかどうかだな」

　しかし大神も軽く首を捻《ひね》っただけで、やはり最後は見放しモードになった。

「どうせ後先考えるような奴じゃないしな」

　その間、リングでは両機体が完全に拮抗して動きが止まっていた。

　三十秒耐えれば審判が一度仕切り直しをかける。

　だが、あと十秒というところで、

「まずいっ！」

　臼井が叫んだ理由はチーム全員が瞬時に理解した。サトルくん1号の下半身から、穏当でない破砕音が響いたのである。サトルくん1号の姿勢が若干右に傾いだ。

池谷は上野の指示が飛ぶより先に、滑り止めを上げながら後退した。自らラインを割ってリングアウトとなる。

「すみません、あのままじゃ敵にただで二本くれてやるだけだと思ったんで」

上野が強く頷《うなず》く。ゴールドライター号はここぞとばかり負荷をかける寸前で、それに摑まれば傷《いた》んだ駆動系を壊されながら一本取られるしかなかった。

「まだ半ポイント勝ってる。いい判断だった」

池谷の肩を叩《たた》きながら上野は臼井を振り向いた。リングアウトになった瞬間から、入枝と二人で機体の様子を見ている。

「臼井、どうだ」

「タイムお願いします」

試合中に機体に不具合が出た場合、一度だけ五分間のタイムが申請できるルールだ。

「タイム！」

上野が片手を挙げて申請すると審判が復唱し、司会が叫んだ。

「【機研】、これは深刻なマシントラブル発生か⁉」

上野も池谷も、ダメージの程度を確認する臼井を黙って見守る。ここはもう臼井に任せるしかない。

「どうだ」

尋ねた上野に臼井は「よくないです」と即答だ。

「右膝《みぎひざ》の関節が死にかけてます。応急処置で何とかごまかしますけど、逃げ回っても試合時間いっぱいは保ちません。モーターも焼き付く寸前です。タイミングベルトが切れるかも」

「どっちにしても逃げ回って半ポイント守る戦術は使えねえ」

対戦意志がないものとして指導を取られる。リングアウトと合わせて一本だ。動けなくなったところで更に一本。

「そんな展開はつまんねーよな？」

上野がにやりと笑った。同じように笑ったのは入枝で、臼井と池谷は微妙な表情になった。

「臼井、その場凌《しの》ぎでもいい。とにかく一分動けるようにしろ。入枝、リミッターはフルカットしてあるな？」

「もちろん」

「池谷！」

最後に上野が池谷を振り向いた。

「うちの抱負は分かってるな？」

「分かってます」

気が進まないながら池谷は頷いた。

そして試合再開。

開始のブザーが鳴ると同時に池谷は自機を突進させた。

速度は明らかに落ちており、そのうえ応急処置した機体は右膝から絶え間なく異常な駆動音を響かせている。

「【機研】、五分のタイムでは万全の状態に戻せなかったようです！　これは明らかに状態が悪い！　そしてこの状態でこの突進は、先程と同じ戦法か――⁉」

『メカ次元』もそう思っているのだろう、操縦者が余裕の表情でゴールドライター号を前に出す。

「組み合ったァ！【機研】、この不利な状況で真っ正面から組み合ったー！　最後は全力を出して華々しく散ることを選んだか⁉」

まあ、ある意味。

池谷は司会の実況を肯定しつつ、コントローラーとして改造されたノートパソコンにコマンドを打ち込んだ。

Ctrl + Alt + Delete。──強制終了。

「あー、やっちゃった」

試合を録っていた元山が呟いた。

会場は呆気《あっけ》に取られて静まり返っている。

池谷の強制終了と同時にサトルくん1号は爆発四散した。

そして超近接距離での爆発に耐えきれず、ゴールドライター号はゆっくりと大きな木が倒れるように──今度は一戦目と逆に、後ろへ引っくり返った。

ダウンだ。

しかし二本目を取ったサトルくん1号はもはや原形をとどめていない。審判も判断に迷って旗を揚げない。

やがて、司会が恐る恐る上野に尋ねた。

「【機研】の皆さん、これは一体……？」

上野は澄まして答えた。

「圧縮空気を使った自爆装置です。相討ち用のギミックですね」

「ええと……サトルくん1号も壊れてしまいましたが……」

「自爆装置ですからそうならなきゃ失敗作ですね」

「ええと……」

司会もさすがに言うべき言葉が思い浮かばないらしい。

そして上野が自慢気に顎《あご》を煽《あお》った。

「これが『勝たんまでも負けん！』です！」

静まっていた会場からどっと笑い声が上がった。

リングの向こう側では『メカ次元』が審判に食ってかかっている。

「無効だ、こんなものは無効試合だ！」

「【機研】の反則負けだ！」

――そして決勝戦は長い長い審議に入った。


「えー、大変長らくお待たせしました。審議の結果をお伝えします」

発表のマイクを持ったのは大会の運営理事長である。

「改めてルールを検証しましたが……自爆を禁止する項目はありません。すなわち、ゴールドライター号は二本取られた解釈になります」

即座に『メカ次元』の面々が待ち席から腰を上げかけたのは、抗議しようとしたのだろう。

しかし、運営理事長はまだ言葉を続けた。

「ですが、勝利条件としては自機が原形をとどめて立てる状態であることという項目があります。サトルくん1号はこの条件を満たしていません。ですから……」

運営理事長が沈痛な表情で溜息《ためいき》をついた。

「決勝戦は引き分け、勝者なしという結果にさせていただきます」

優勝、準優勝ともになし。三位のみ決定。大会第一回としては異常な幕切れである。

だが、会場はこの結末で爆笑の渦に包まれた。――『チーム・メカ次元』と運営サイド以外。

「おーっしゃ、終わった終わった！　帰ろうぜ！」

清々しく立ち上がった上野が後輩三名を引き連れて仲間に合流する。

帰り支度は審議中にもう終わっていたが、大勢の観客に次から次に話しかけられ、会場を出るまで長い時間がかかった。

「池谷どしたー？」

大会の翌日、相変わらず部室に溜まっていた上野が誰にともなく尋ねた。

「今日から来ませんよ、帰省しましたから」

「そっかー。こっち寄れば土産くらい持たせてやったのに」

「え、何か用意してあったんですか」

「これとか」

上野が持ち上げて振ったのは買い置きのスナック菓子である。

暴君だ、やっぱり暴君だと後輩たちがこそこそ声を交わす。

「何か文句あんならでかい声で言えよ」

「文句じゃなくて客観的な事実ですから。フツー、自分の名前をムリヤリつけさせたロボット、自爆とかさせます？　暴君以外のナニモノでもないですよ」

「言うじゃねえか、お店の子」

——などといつもの会話を繰り広げていたところに、部室の扉がいきなりバタンと開いた。

開いた扉の向こうに仁王立ちしていたのは曽我部教授である。

「上野ぉ～～～～～～～～～～～！」

その怒声が示すまでもなく片手には例によって例のごとく竹刀《しない》を引っ提げている。

わっ、やべ、と呟《つぶや》いた上野がジェスチャーで入り口近くにいた後輩に靴を寄越せと指示。靴は見事な連係プレーで上野の手元まで届いた。

「何ですか、何の用ですか！」

「心当たりがないとでも吐《ぬ》かすかお前は！　昨日の決勝戦の話は聞いたぞ！」

「盛り上げましたよ、ちゃんと！　それに最優秀技術賞も取ったしルールも遵守《じゅんしゅ》したし！」

「県が主催した大会の第一回目で、決勝戦がドローだの自爆だの……成南大始まって以来の大恥だ、そこへ直れ！」

頭に血が昇っているのか、上野を睨《にら》んだまま土足で室内に踏み込もうとした曽我部を後輩たちが押しとどめる。

「教授、待ってください！　靴は脱いで、靴は！」

「指導はあくまで上野さん個人に！」

むうっと曽我部が靴を脱ぎ捨てようとする。上野は既に迷う素振りひとつなく窓に走っていた。

窓際《まどぎわ》で素早く靴を履いて、

「妨害ご苦労！」

後輩たちに労《ねぎら》いだか何だか分からない言葉をかけて上野が窓から姿を消した。部室は二階だが、上野は身が軽い。こうした事態で窓を脱出口にすることはままあった。

「逃がすか！」

曽我部が脱ぎかけた靴を履き直して廊下を突っ走っていく。

台風のように二人が消えた後で、一回生たちは溜息をついた。

「つくづくあの人は……」

「他人事《ひとごと》みたいに言ってられるのか？」

問いかけたのは課題をやっつけていた大神である。

「お前ら、もう完全に慣れきってるぞ。あいつに」

思いもよらない痛打に一回生の大半が精神的にのたうち回ることになった。

確かに入部したばかりの頃なら一連の出来事で受けた衝撃はもっと大きかったはずだ。製作中のロボットに自爆装置を仕込むという上野の決定にももっと食い下がって反対しただろう。

それがもう「ハイハイ」とあっさり受け入れられるようになってしまっている。

「ま、新学期から頼れる二回生たち誕生だな」

からかうような口調の大神に反駁《はんばく》できる者は誰一人いなかった。

その後、件のロボット相撲大会では、規約に「自爆禁止」の項目を加えたという。

＊

「まあ、その大会は結局規約が甘かったり何だりで、五回くらいで潰《つぶ》れちゃったんだけどな」

何しろ第一回が自爆エンドだったから、参加者がルールの穴を衝《つ》くことに走る大会になっちゃって、と彼が笑うと、彼の妻は既にソファに倒れて呼吸困難に陥っていた。

「自爆！　好きそうよね、上野さん！」

「お前、そんな親しくないだろ」

「いやー、何かもう」

妻は目尻《めじり》に浮いた涙を拭《ふ》きながら起き上がった。

「話聞いてるとどんどんキャラが立ってきて他人と思えなくなってきた。大神さんや他の同期の人もそうだけど」

彼はしばらく妻の顔を見つめて、それからその頭をぐしゃっとかき回した。

「なぁに、急に」

自分の楽しかった思い出を、こんなに笑い転げるほど面白がって聞いてくれる妻でよかった——などということは性格的に口に出せなかった。

部室に行けば、
毎日何かがあった。
あの輝かしい日々、
そして、今。
最終話
落ち着け。俺たちは今、

＊

春休みが明けて新学期に入った。

【機研】は全員が無事に進級し、二回生は三回生に、一回生は二回生になった。

上野部長、大神副部長の体制は変わらない。

だが、二回生にもかなり上野への耐性と立ち回り能力が身について、新入部員勧誘では去年のような無茶なイベントではなく、法に触れずにクラブ説明会を盛り上げて七名の新入部員を獲得した。

二回生から提案して上野も納得したイベントは、春休み中の県大会ロボット相撲のダイジェスト紹介・動画上映付きである。

決勝での自爆が技術の高さと上野こだわりの「遊びゴコロ」の点で【機研】らしさをアピールできる、ということで無茶に走ろうとする上野と二回生の間で折り合いがついた。

その他に、県内の工業高校から全国規模のロボットバトル系大会に出場して好成績を収めた立役者である学生が入学してきたので、これを狙《ねら》って採りにいく算段の一つでもあった。ロボットバトルが好きなら『サトルくん1号』の無駄な高機能は興味が引かれるはずである。その新入生に関しては、直接の勧誘を繰り返しつつクラブ説明会の部活紹介で落とした形となった。

結果として狙いの学生も獲得でき、仮入部期間を終えても退部者は出なかったので、今年の部員勧誘は上野に言わせると「面白味には欠けるけどまぁ成功」ということになった。二回生としては、いかに上野を封じるかが勝負の分かれ目と定めていたので「一番の問題児が何を」という気分ではある。

しかし、新入部員も全員が【機研】の風土や上野のキャラに慣れてくれたらしい。今年の新入部員には二回生からの事前情報や説明が常にあることも大きいだろう。

そして新歓コンパも無事終えた五月半ばの話である。

たまたま自分一人しか部室にいないタイミングだった。

寝転がって雑誌を読んでいると、床の上に小さなビスが散らばっていた。

あーあ、こういうやりっぱなしは上野さんだな。

そんなことを思ってまた雑誌に目を落とし、——どうしてそんなことをしてみようと思ったのかは、今となっては元山自身にもよく分からない。

いつも状況の突っ込み役というかブレーキ役に回りがちで、上野が暴走したときも止めに入るのはまず元山だ。

どうせ聞きゃしないと周囲は既に放置気味だが、一応形だけでも異議を唱えないと上野はどこまで突っ走るか分からない。本当にやばいラインになるとさすがに大神が止めるだろうが、大神は良くも悪くも動じることが少ないので「やばい」のラインが世間一般の規準よりはかなり豪快にはみ出している。

暗黙のうちに周囲からブレーキ役を求められている状況が、面白くなかったのかもしれない。

俺だってたまには悪ふざけくらいするんだぞ。そんなことを主張したかったのかもしれない。

元山は鞄《かばん》を引っ張り寄せてペンケースを出した。


製作時間、三十分。

完成したのは分解したボールペンのプラ軸を銃身に利用した即席の空気銃のようなものである。

銃身の先端にビスを装塡《そうてん》。ビスの軸径が同じになるところでペン先を切ったので、強く押し込むとかっちり塡《はま》り込んでびくともしない。

トリガーはないので自転車の空気入れでペン軸の尻《しり》から空気を入れる。モルタルの壁に向けて構えたプラスチックの銃身が微妙に張ってくるのが指先で分かる。

そして銃身に延々送り込んだ空気が限界点を超えた。

圧縮された空気の逃げ場となるのはビスで塞《ふさ》いだ銃口だけである。単純な作りだけに、ほかに構造上の継ぎ目はない。

銃口から凄《すさ》まじい勢いでビスが飛び出した。

モルタルを激しく叩《たた》く硬質の音。

「わ！」

とっさに元山は両腕で顔を庇《かば》った。跳ね返ったビスの勢いがこれまた凄まじかったのである。

ビスは結局顔を庇った腕に当たったが、肌に太い輪ゴムを弾《はじ》かれたかのような衝撃だった。

そして壁にはそこそこ深いへこみが出来ていた。ビスの弾痕《だんこん》だ。

「おお〜……」

思わず顔がにやけた。即席の割に結構な威力じゃん。

元山は作業台から付箋紙《ふせんし》を取った。

『↑作・元山／二回生』

その辺のペンで走り書きして弾痕の下に貼《は》る。

そして壁際《かべぎわ》の座卓にペン軸の銃身とビス（その辺を探すといくらでも見つかった）、空気入れを並べる。付箋で書き残した言葉は『材料』。

満更でもなく壁の弾痕を眺め、それから鞄を持って部室を出る。

部室の戸締まりをしようとしたところへ新入部員が数人連れ立ってやってきた。

「あっ、元山さんこんにちは！」

「今日はもう上がりですか？」

さん付けで呼ばれることには、まだ微妙に慣れが足りない。二回生になって一ヶ月少々だ、先輩になったという自覚が追い着いていない。

「ああ。お前ら来たから戸締まりしなくていいよな」

「いいっすよ」

後輩たちもすでに部室の合い鍵《かぎ》を持っている。大神の物理的な圧力を感じるほどの大魔神モードも経験済みだ。

「じゃあな」

後輩たちに軽く手を挙げて元山は廊下を歩き出した。

入れ違いに後輩たちが部室に入る。話し声が廊下に漏れ聞こえた。

「あれっ、この付箋……うわ！」

「元山さんだよ！」

「うっわー、元山さん一番まともに見えたのに！」

騒ぐ声を背中に聞きながら、少しいい気分で元山は階段に向かった。

＊

翌日、元山は授業のコマが同じタイミングで空いていた池谷と待ち合わせて部室に向かった。

昨日と同じく一番乗りのタイミングで、部室に入るなり元山は声を上げた。

「ああっ！」

壁に付箋が一枚増えている。駆け寄ると元山より深い弾痕だ。そして付箋の言葉は
――

『勝ちました！　森下《もりした》以下一回生一同』

森下というのは今年【機研】で獲得に走ったルーキーである。

「くっそー！」

「どうした？」

訊《き》いてくる池谷に元山は舌打ちしながら答えた。

「昨日俺、部室で一人だったんだよ。そんで暇つぶしにボールペン銃身にして空気銃みたいなの作って遊んでたんだ。上野さんが散らかしたビスがあったから、それ弾にしてさ。で、こっちが俺の作った弾痕。あいつら抜きやがった」

「へえ」

池谷は面白そうに二つの弾痕を見比べ、指で触りながら頷《うなず》いた。

「確かに一回生のほうが深いな」

「負けるか、くそっ」

元山は鞄を投げ捨てた。

「池谷、手伝え！」

「ん」

「昨日は手遊びで作ってただけだかんな、本気でやったら話は違うんだよ！」

そして試行錯誤の末――

「よっしゃぁ！」

途中から臼井や入枝、他の二回生たちも加わって、ついにビスは壁に半分めり込み、埋まったままの状態になった。

「放課後に間に合ったな！」

臼井が鼻息を荒くする。

「一回生来たらびっくりするだろうなー、これ」

「敢《あ》えて何も言わずに観察してようぜ」

「元山、勝利宣言書けよ」

同期につつかれ、元山は付箋とペンを手に取った。

『ま、年季の差？　元山以下二回生一同』

元山の書いた文句に全員が爆笑した。

「言うねー、元山！」

「大人げねー！」

と、一人がやや心配そうに言った。

「でもこれ大神さんに知れたら怒られたりしねえ？　壁、傷つけちゃってるし」

う、とその場にいた全員が固まった。

「で、でも上野さんだって部室でエアガン乱射したりしてるし」

「さすがに壁には弾めり込ませてないぞ」

今のうちに埋まった弾を外してパテか何かで痕《あと》を塗ったほうがいいんじゃないか、という意見まで出はじめた。

その相談に決着をつけたのは元山である。

「大神さんもうすぐ来るだろ、したら俺言うわ」

「元山、お前いざとなると度胸あんなぁ」

「いや、やりはじめたの俺だし。下手にごまかすより正攻法だろ、大神さんは」

そのタイミングでちょうど部室のドアが開き、——入ってきたのは大神だった。

「別に構わんだろ」

元山の説明に大神はあっさり言ってのけた。

「そもそもこんなもん部室に作ってる時点で、ウチの部室は穴やら何やら開きまくりだしな」

言いつつ大神が指差したのは上のロフトだ。

「どこの部も部室は治外法権みたいなもんだ。さすがに壁を貫通したらまずいだろうけど、お前らの遊びくらいじゃそんなことにもならないだろうし」

何しろ建築用のビス打って隣に問題が出てないくらいだしな、と大神からの言葉はそれで終《しま》いだった。

実質上の許可宣言である。

そうと決まれば、後は一回生たちを待ち受けるだけだ。

やがてやってきた一回生たちは、新しい付箋が増えた壁際を何気ない振りで代わる代わる見にきた。平静を装《よそお》っているが、悔しさが漏れているところがまだ若い。

そして二回生VS一回生の静かなる闘争は激化した。

＊

「なーんか最近あいつら面白そうなことやってんじゃねーか」

部室に後輩たちがいないとき、上野はつまらなさそうに呟《つぶや》いた。相手は大神である。

「なー、三回生も参戦しねえ？」

「お前は駄目だ」

相変わらず課題の図面を引きながら大神は即答した。

「あいつらだから遊びで済んでる。経験則だけで爆弾作れて、自宅で未《いま》だにプレハブ小屋に隔離されてるような男をこんな遊びに混ぜてたまるか」

「お前は遊びゴコロが足りねえよ、毎度毎度よー」

「一歩間違ったら犯罪行為に直結するような遊びゴコロを、遊びゴコロで済む範囲にコントロールしてやってんのはあのとき以来誰だと思ってるんだ？」

大神は手を止めて上野に向き直った。

「部室の壁が半壊なんてことになったらさすがに廃部は免《まぬが》れないぞ」

「人を何だと思ってんだよ、いくら何でもそこまでするわけねーだろ」

「お前はむきになったら絶対そこまでやる」

そして大神はまた図面を引きはじめた。

「それに、あいつらも一線越えたら説教だ。部室の見場が悪くなるくらいなら何でもないけどな」

「どこが一線かは教えてやらねーんだろ？　相も変わらず鬼軍曹だよなぁ。二回生も先輩になって浮かれてっからうっかりするかもしんねーぜぇ」

「綱紀粛正《こうきしゆくせい》は常に必要だろ」

「まぁ、いいや。たまにはセンパイらしく若造を見守るってのも面白いかもしんねえしな」

上野はその辺の雑誌を一冊拾ってロフトに駆け上がった。

＊

「……行き着くところまで行き着いた感じだなぁ」「そうですね」

二回生と一回生は揃《そろ》って壁の弾痕を眺めた。

競争で使っていたビスが二発、三分の二までモルタルに埋没していた。

一発は二回生、もう一発は一回生である。

「これ以上はもうプラ軸じゃ無理だよな」

ビスの発射速度を上げるため構造もどんどん複雑化してここまでたどり着いたが、この段階に至ってお互い壁にぶつかった。

かける空気の圧にボールペンの軸が耐えきれず、粉砕してしまうようになったのである。

「ここでドローにしてもいいんだけど……」

毎日の開発競争が途中で楽しくなり、やめる踏ん切りがつかない。

と、ルーキー森下が手を挙げた。

「提案なんですけど」

「何だ、ルーキー」

「やめてくださいよ、そのルーキーっての」

森下が顔をしかめながら続けた。

「ここから共同開発とかしませんか？」

「いいな！」

場が一気に盛り上がった。飽きずに競争がここまで続いたのも、途中から敵が互いの学年ではなく弾を撃ち込む壁になっていたからである。

このモルタルにビスを完全に埋没させてやりたい、とは誰もが思っていたことだ。三分の二、それが限界点になったところで工学系の魂に火が点《つ》いた。

「まず銃身を替えなきゃな」

「鉄パイプいくか」

「強度上げるために銃身にワイヤー巻きましょう」

「いいかげん空気入れもたるいし、どっかでコンプレッサー拾ってこようぜ」

二回生と一回生でアイデアを出し合い、活気のあるディスカッションになった。

大神が部室に一番乗りした日、後輩たちが最近「遊んで」いる机の上に置いてある機材の種類が変わっていた。

径の細い鉄パイプが数本にワイヤー、エアコンプレッサー等々。

わずかに顔をしかめ、大神は鉄パイプを取り上げて光にかざして中を覗《のぞ》き込んだ。

その場にあった鉄パイプのすべてをそうやって確認し、それから大神は何も言わずに製図台に向かった。

「ちわーっす！」

後輩たちがぱらぱらとやってきて、件《くだん》の机の回りに集まる。

作業に入った大神が返事をしないのはいつものことだった。

「やっ……た」

二回生と一回生の共同製作になった『空気銃もどき』は、その日初めてビスを完全にモルタルの中に叩《たた》き込んだ。

「すっげ、完璧《かんぺき》！」

「触っても出っ張ってないぜ！」

すっかり夜も更《ふ》けて、先輩の姿はもう部室になかったので盛り上がる声は遠慮なく沸いた。

その歓声が収まった頃、誰かがふと漏らした。

「けど精度はグダグダだなぁ……」

確かに試射ごとにビスの弾痕は、びっくりするほどあちこちに散っている。弾道が逸《そ》れてうまく壁に潜らないことも多々あった。

そんなときの跳弾はうっかり目でも直撃するとシャレにならない威力で、すでに音で潜ったか弾《はじ》かれたか分かるようになっていた一同は、反射で防御姿勢を取るようになっていたほどだ。

「一応同じ場所狙《ねら》ってたんだよね？」

撃ち方役だった一回生に入枝が尋ねると、一回生は大きく頷いた。

「発射の瞬間も腕がぶれないように力入れてたつもりなんですけど……」

うーん、と唸《うな》ったのは臼井である。

「どうせだったら弾道の精度も上げたいな」

そう思うのは機械屋の本能だろう。ルーキー森下も「ですよね！」と熱心に頷いている。森下も臼井と同じくハード工作を得意とする。

「精度上げるならやっぱりライフリング刻むしかないだろうな」

「最低限ドリルと旋盤《せんばん》が要りますねー。工作室って部活でも借りられるんですか？」

当たり前のように相談を始めた臼井と森下に周囲が慄《おのの》く。

「つか、ライフリングってドリルと旋盤で刻めるの!?」

「理屈のうえでは。ただ、やったことないからなー。やってみるしかないっていうか。まあ森下と相談しながら試行錯誤って感じかな」

臼井にそうまで言わせるからには相当ハイレベルな技術が必要なこと間違いない。

「ただ、ライフリング刻めたところでビスに直進するほどの回転がかかるかどうかは謎《なぞ》だよな。銃身も短いし」

難を挙げた臼井に二回生の誰かが言った。

「じゃあ銃身長くして弾も自作してみねえ？」

この発言で堰《せき》が切られた。

「それならもっと強度のあるパイプにしないと」

「でも拾いもんのコンプレッサーで壁に埋没するほど圧かかるかぁ？」

「発射に使うの空気じゃなくて火薬にしてみるとか。うち上野さんいるじゃん」

「ちょっと待った！」

　大声を上げたのは元山だった。

　全員が一斉に元山を振り返る。元山はその視線を受けながら、仲間のテンションを静めさせるような手振りをつけた。

「落ち着け。俺たちは今、犯罪者になりかけてる」

　首を傾《かし》げた一同を元山は見据えた。始めたのは自分だ。俺だって悪ふざけくらい、最初はそう思ったが、それが流行《はや》るとブレーキをかけるのはやはり自分の役目だった。

「いいか。俺たちが今作ろうとしてるのは、銃だ」

　全員が虚を衝《つ》かれたような表情になった。いつも冷静な池谷さえも。

「銃を密造するのは犯罪だ。多分、今日完成させた空気銃もどきも部室から出したらアウトだ。人に向けたら殺傷力が充分ある。銃刀法に抵触する空気銃になる」

「……分解するか」「だな」

　二回生も一回生も、一様に目が覚めたような顔になった。

　粛々と後片付けが始まったときである。

　突然ロフトからゲラ笑いの声が降ってきた。

「上野さん!?」

「いたんですか!?」

後輩たちの呼びかけに、上野がロフトの柵《さく》にずるずる這《は》い出してきた。

「さっきのお前らの歓声で目が覚めた」

上野の髪には確かに寝癖がついている。ロフトで誰かが寝オチして、いつの間にかその存在を忘れ去られるのはよくあることだ。後輩たちは一階で作業に熱中していたので、誰もロフトのことなど気にもかけなかった。

「そんで起きてからずっと様子窺《うかが》ってたんだけどな。お前ら、命拾いしたなぁ」

上野は柵にもたれてニヤニヤ後輩たちを見下ろしている。

「正直ギリギリだったぜぇ」

「……何がですか？」

固唾《かたず》を呑《の》みつつ誰かが訊《き》くと、上野はもったいぶりながら答えた。

「いやぁ、こういう体質の部活だからな。多少のやんちゃはまぁオッケー。壁に弾痕作ろうが、ビス埋め込もうが、見映えが悪くなることくらいじゃお咎《とが》めなしだ。けど、世の中には超えてはならない一線ってもんがあってだな。ウチの場合、端的に言えば大神だけど」

全員の姿勢が微妙に強《こわ》ばった。やはりか！　というところである。

「銃作ったら全員正座だって言ってたな。ラインとしてはライフリングを刻むかどうか。金属のビスがモルタルに埋没するような威力で照準が合うようなもん作ったら、そりゃもう立派に武器だ。弾自作なんて論外だな。いやー、正座で済んだかどうか。鉄拳《てっけん》くらいは出たかもなぁ」

ま、今日までのも外部に出したら違法だろうけど、と上野は笑った。

「撃ったほうが弾道を警戒しなきゃならない程度の精度なら、部室内じゃやんちゃの範囲だろ。よかったな、自制が利《き》いて」

上野の語りが一区切りついてから、一同は一斉に元山を拝んだ。

「元山感謝！」「命拾ったぜー」

「ありがとうございます！」

元山としては据わりが悪い状況である。

「いや、元はといえば俺の悪ふざけが原因だし」

「そうだそうだ、直前で正気に戻りやがってソツのねえ」

野次ったのは上野だ。

「お前らも殴られちまえばよかったのに」

「……上野さん、殴られたことあるんですか？」

元山が訊くと、上野は何故《なぜ》か偉そうに胡座《あぐら》でふんぞり返った。

「一回生の頃な」

「だって上野さん、今までも爆弾だの何だの……」

「ＰＣ研との決闘でも、ロケット花火装塡《そうてん》式の改造エアガン振り回してたって話じゃないですか」

他の後輩たちも怪訝《けげん》な顔で口々に尋ねる。

法に触れる真似《まね》なら上野はばれていないだけで散々している。何を今さら、という感じだ。

「あいつのラインってけっこう簡単だぜ。ヒントはルーキー森下だな」

名指しを受けた森下が泡を食う。

「え、俺、何か……」

「工作室借りられるかどうかって訊いてたろ。俺も昔、ライフリング刻むのに適当な名目つけて工作室借りたんだよな」

全員が息を飲んだ。つまり、上野も銃を作ろうとしたことがあるということで――

しかも上野のレベルで大学の工作機械を使えば、相当本格的なものになったはずで、

「ぶっちゃけチンピラに売ろうと思えば売れたと思うね。当然火薬式だったし、弾も自作したし、距離十mなら確実に狙えるレベル。いやー我ながら傑作だったわ」

自画自賛するポイントが決定的にズレているのは毎度のことだ。

「けど大神に見せたらさぁ……」

どこで作った？　――大神はそう尋ねたという。

「学校で、つったらいきなりぶん殴られた。部室の工具じゃさすがに作れないレベルだったから、工作室使ったこと即バレでな」

そこまで話を聞いてようやく後輩たちも理解した。

要するに、部室や各自の自宅で何をやってもそれは大神的にセーフなのだ。

上野は爆弾なら自宅で作るし、ロケット花火装填式の改造エアガンをはじめとする火遊びオモチャ類も、部室か家の設備で作れるレベルだったのだろう。上野ならさもありなんである。

だが、学校の工作機械を使って『外部に出すと違法』なシロモノを作るのはアウトなのだ。

「その日のうちにもう一回工作室の使用許可取らされて、原形もとどめないほど分解させられたね。銃身なんか一cm間隔で輪切り。後ろで仁王立ちしてっから手も抜けやしねえ。そんで処分が終わってから鬼説教」

お前が一人でやる分には何をやっても勝手だ、だけどシャレにならない悪ふざけで大学の設備は絶対使うな！　バレたら廃部になるぞ、銃の密造なんか！

お前が退部しただけで済む問題じゃない、そんなことになったら先輩にどう言い訳する気だ！

「あいつ性格的には体育会系だからな。いやー恐《こわ》かった恐かった。そんでそれから俺もココロを入れ替えて、いざというときは自分が退部すれば済む範囲内での悪ふざけを……」

「……その範囲なら放置ってのも、大神さんけっこう鬼ですよね」

二回生の呟《つぶや》きに上野はロフトから頷《うなず》いた。

「あいつ容赦なく厳しいぞ、そーゆーとこ」

上野の言葉を重々肝に銘じつつ、後輩一同は部室外に持ち出したらアウトな空気銃もどきの解体を続けた。

それから数日後、図面を引いていた大神が製図台に向かったまま何気なく後輩たちに尋ねた。

「そう言えばお前ら……」

「はいっ⁉」

　返事をした数人の声が裏返る。

「空気銃競争はどうなったんだ？」

　ごくりと居合わせた後輩一同が固唾を呑む。やがて元山が答えた。

「もう終わりました」

「どうやって？」

　怒ってもいないしこちらを振り向いてもいないのに、この異様な圧力は一体何だ。

　気分的には尋問を受けているようなものである。

「ええと、壁にビスが完全に埋没したところでゴールにしました」

「作った銃はどうした？　数日前から見かけないけど」

「部室外に出したら銃刀法的にアウトな威力になってたんで、分解処分しました」

「そうか」

　何気ない相槌《あいづち》に後輩一同が胸をなで下ろした――ところへ。

「それならいい」

　この世で最も恐い締めの言葉が後輩を震え上がらせたことは言うまでもない。

ロフトの上では上野が声を殺して笑い転げていた。

＊

「うっわー、けっこうあなたたちもやばいことしてたのねー」

　彼女が意外そうに目をぱちくりさせた。

「いやぁ、上野さんに悪い意味で慣れ過ぎてたっていうか……エスカレートしても、なかなか歯止めが掛からなくてさ。刹那《せつな》的な楽しさに負けてたな」

「刹那的な楽しさで銃まがいのもの作っちゃうところが何ていうかもう……工学部系ってそんな感じなんだ？」

　彼はしばらく考え込み、やがて顔を上げた。

「……やっぱ、上野さんの影響が大きかったとしか……」

「ああはなるまいって思わないわけ？」

「慣れっていうのは恐ろしいよな」

　しみじみ答えた彼に彼女は笑いこけた。

「それにしても大神さんの存在って偉大だったわねー！」

「そうだな。結果として卒業するまで上野さんのストッパーだったし、それって最後まで上野さんの無軌道と線引き続けたってことだからなぁ」

そうしてみると大神も実は上野と同等にキャラが濃かったのかもしれない。相手に染まったり引きずられることがないほど。

「ほんっとあの人、怒ったときの迫力ハンパなかったからな。就職してから【機研】の同期や後輩に会うとよくその話になったよ。俺ら大神さんにすげえ鍛えられたよなって。社会に出てこれから苦労すんだろなーって思ってたら、これが思いのほかラクでさ。大神さんより恐い上司なんかいないよなって。俺ら、たかが部活で社会人並の能力とフットワークを要求されてたんだよな。おかげで、大概のピンチでも動じなくなったし」

状況を切り抜けることを楽しめるようになってこそ一人前だ、という認識は上野・大神体制の【機研】に在籍した部員に共通する価値観だった。

「ねえ、あたし成南大の学祭に行きたくなっちゃった」

急にそんなことを言い出した妻に意表を衝かれ、彼はとっさに言葉を失った。

「十一月の連休合わせっていう日程は変わってないんでしょう？　だったらもうすぐじゃない」

「ああ、うん……」

卒業してから数年間は行った。何度か転居し、その度に微妙に母校が遠くなり、足が遠のいてからも、大学のHPを覗《のぞ》いて日程だけは毎年確認している。

彼が卒業して十年が経《た》った今でも、成南大はやはり十一月の連休に合わせて五日間ぶっ通しの無茶な学祭をやっているらしい。

「ちょっと遠いけど行けない距離じゃないでしょ？　ついでにあなたの実家に顔出してもいいしさ」

「うん」

「もしかしてあんまり乗り気じゃない？」

彼女が小首を傾《かし》げて窺《うかが》ってくる。

「そんなことないけど……」

行けない距離じゃない。行こうと思えばいつでも行ける。だから、学祭の日取りは毎年調べる。けれどいつの頃からかめっきり腰が上がらなくなった。

「微妙に遠いからちょっと億劫《おっくう》っていうか」

「えー、あたしは行ってみたいなー。あなたたちがバカやってた場所、見てみたい。クラブハウスとかも。『らぁめんキケン』のラーメンも食べたいし」

……ああ、そうか。

楽しそうな彼女の表情を見て、母校に足が向かなくなった理由が分かった。聞きたがる彼女にいくらでも話せた。まるで昨日のことのように鮮明に思い出せるあの頃。

なぞって話すだけでこんなに楽しいのに、

――もうあの場所は俺たちの場所じゃないんだ。

『快適空間』が売りの部室、上野がしょっちゅう占拠していたロフト、因縁深いPC研に学祭の『らぁめんキケン』。

学祭に行ってももう自分は客にしかなれない。あの祭の当事者にはなれない。

それを認めるのが嫌だったのだ。

俺たちは【機研】だ。【機研】は俺たちのものだ。――もう違うと認めたくなくて。

……でも、もう認めなきゃな。

彼は彼女の肩を軽く抱いた。

「どうしたの？」

「俺の昔の話、楽しかった？」

彼女は大きく頷いた。

「うん。すっごく！」


俺たちは【機研】だった。【機研】は俺たちのものだった。

――でも、俺の『今』はここにある。俺の思い出話を楽しそうに聞いてくれる彼女が横にいる、それが『今』だ。

だからあの楽しい場所は、楽しい時間は、現役に譲り渡さなくてはならないのだ。

「学祭、行こう。話した校内の場所、全部案内してやるよ」

＊

学祭期間中、よく晴れた連休初日。夕方に着く頃合いで出かけた。

ちょっと遠くなっただけだ――と思いつつ、母校まではもう県を大きくまたぐようになっていた。ＪＲと私鉄を乗り継いで三時間半、実家にさえ足が遠のくわけだ。

けれど、覚えのある路線に近づくにつれ、寂しさと楽しさが混ざったような不思議な懐《なつ》かしさがこみ上げた。

何て変わらなさだろう。

ごみごみとした下町を縫うように走る私鉄。その下町は、パッチワークしたように一部が区画整理などされて小綺麗《こぎれい》になってはいるが、基本的に雑然としたイメージは昔のままだ。

そして、その下町が途切れて閑静な——といえば聞こえはいいが、要するに田舎のベッドタウンに向かう狭間《はざま》の駅に、成南大はある。

改札を出た駅前は、目眩《めまい》がするほど変わっていなかった。

まったく洗練されていない、しかし活気のある商店街。

安さと盛りが取り柄の中華屋。

夜食や何かを買い込んだコンビニ。

「あたしにもガッコがある方向分かるわ」

妻は自慢気に笑った。指差した方向はなだらかに下っていく坂で、改札を出た客や街の通行人のかなりの割合がその方向へ歩いていく。

「うん。——うん、当たってる」

自分が卒業し、初めて客として学祭に行ったとき知った。学祭の期間中、駅から既にこんな人の流れが発生していることを。

思いのほか成南大の学祭が盛況であることを知ったのも卒業してからである。現役だった頃はとにかく殺人的な忙しさの店を回すのに手一杯で――

彼と彼女もその人の流れに混じって歩きはじめた。

「大神さんが振られた女子大のお嬢さまが住んでるのもこの界隈《かいわい》なの？」

「いや、ここから駅いくつか離れてる。その子、大神さんと付き合ってる間は遠回りしてこの駅使ってたらしいから。この辺だと高級住宅地になる街に住んでたって」

「へえー。確かにこの辺りの雰囲気で生まれ育ったんなら、そんなにお高く止まってないだろうけどね」

あたしはこの使い勝手のいい下町の感じ、好きだけど。彼女が周囲を見回しながらそう呟く。

「今まで実家に帰ったときも大学には来なかったよね、どうして？」

「いや、別に……用事も特にないしさ」

「学祭の時期に帰ってくれたらよかったのにー」

彼は笑ってごまかした。

学祭期間なら毎年調べていた、彼女と結婚してからも。

言い出さなかったのは、わざと避けていたのだ。

「ねえ、当時の人とか来てるかな。誰かに会えるといいね」

図らずも彼女の何の気ない発言が言い当てている。

「そんなわけないだろ、誰とも約束してないのに」

苦笑のふりで答えながら、胸の奥がツンとする。

卒業してすぐ、何年かは暗黙の了解で仲間が集まる日があった。連休の最初の夜だ。約束なしで出かけてクラブハウスを覗くと誰かに会える。

だが、さらに数年が経って、仲間たちが徐々に転勤や転職で「足を伸ばすのがやや億劫」な距離に散りはじめた。それは彼自身も含めてだ。遠方に移った者もいる。

そうなると、今さら約束して集まるなんてことも照れくさく、しかし約束をせずに出かけて仲間に会える保証もなく、空振りしたときの無駄足感――いや、口先だけでごまかしても仕方ない。

要するに誰にも会えなかったときの寂しさを思うとますます足が遠のいた。

かといって「今年の学祭で集まろうぜ」なんて連絡を回せるほど、どいつもこいつも素直じゃなくて――

電話やメールで連絡を取らないわけではないのに、たまに少人数なら飲み会だってしないわけではないのに、――「なあ、今年の学祭行ってみない？」その一言は誰も言い出さない。

まるでゴールドライター号と【機研】が対戦したときの小足払いだ。

言ってみたところで、もう相手がわざわざ会う時間を作るほど『あの頃』に執着がなくなっていたとしたら？

それぞれに家庭を持ったり仕事が忙しかったり、せっかくの連休をわざわざ母校の学祭ごときで潰《つぶ》すなんてもったいないと思うようになっていたら。

ごめん、学祭行くのはちょっと面倒だわ。

そんな返事に直面するのが恐《こわ》くて小足払い以上の大技には打って出られない。

「あっ、ねえアレ正門？」

アーチが作られた門を遠くから見つけて、彼女がはしゃいだ声を上げた。

「あ、そうそう」

まるで、今にもあの正門から、ライムグリーンのオフロード車が派手なウィリーをかましながら走り出てきそうな気がした。

「何ていうか……」

彼女はアーチを潜《くぐ》ってから意外そうに呟いた。

「お祭りなのに飾り気ないのね。あんな立派なアーチ組めるのに、装飾は最低限っていうか」

アーチにはプリンタで一文字をB４一杯に打ち出した『第○回成南電気工科大学祭』の題字を均等間隔で貼《は》り付けてあった。それだけだ。

「え、毎年あんなもんだったけど。よその大学は違うの？」

「あたし女子大だったから何とも言えないけど……あんなアーチは組めないんだけど、飾り付けはもっと凝ってたよ。ほら、定番で紙のお花とかいろいろ……共学の学祭も行ったことあるけど、やっぱりもうちょっと華やかだったよ」

そして彼女は校内の沿道を歩きながら壁に貼ってあったチラシを指差した。

「ね、あれとか。素っ気ないにも程がなくない？」

単なる白黒コピーのチラシがガムテープで壁にベタベタ貼ってある。

「もちろん普通のテープじゃ粘着力が足りないのは分かるんだけど、テープの部分に飾り付けて隠すとか、ガムテープを輪っかにして裏側にだけテープがつくようにするとか……そういう小技が一切ないよね。剝《は》がれなきゃそれでいい！　みたいな」

彼女の意見は彼にとって目からウロコだった。

「そういうもんなのか」

「だってせっかくお祭りなのに殺風景すぎるでしょ」

「で、でも紙のお花とかだと雨が降ったら汚くなるだろ」

「屋外の飾り付けだったら濡《ぬ》れても大丈夫な素材で作ればいいじゃない、セロファンとか」

でも、と彼女は忍び笑った。

「この大雑把さが『九十九％男子校』の味なのかなー」

「うん、少なくとも俺たちの代でそんなこと気にしてた奴《やつ》いなかったなぁ。今もこれってことは未《いま》だに誰も気にしてないんだと思う」

そういえば、とその会話に連動してまた昔話が浮かび上がる。

「女子大に頼まれて学祭の大道具とか組みにいったことがあるよ」

「それは例のお嬢さま大学？」

「いや、そこじゃなくて。もっと庶民的なとこ、偏差値的にも雰囲気的にも。俺らが三回生の頃だったかなぁ。後輩の誰だったかのお姉さんが通ってるところでさ、そのお姉さんが学祭実行委員だったんだけど。大工仕事できる人材がいないから毎年正門の飾り付けが大掛かりにできなくて、何とか人手を貸してもらえないかって話だったんだ」

それは分かる、と彼女は頷《うなず》いた。

「そうなのよね。女子大って細かい飾り付けはキレイなんだけど、大道具が組めないの。さっきみたいなアーチなんてどうやったら作れるのか分かんないし。だから正門の飾り付けがチマチマしちゃうのよ、ドカーンと派手にいきたいんだけど」

「うん、そんなこと言ってたよ」

「模擬店も校内に限定されがちだしね」

「それも聞いた。でも確かに校内はカラフルっていうか、かわいらしかったよ」

「そうでしょう、そうでしょう」

彼女が自分の母校のことでもないのに自慢気に頷く。

「でも、女子大の手伝いに駆り出されるなんて男子にとっては結構チャンスなんじゃないの？　何かロマンスとかなかったわけ？」

「いやー、そういう方向に繋《つな》げたかったんだけどさぁ」

彼は答えながら思い出し笑いをした。

「最初、どういうもん作ってほしいかの打ち合わせで、向こうの実行委員がこっちに来てくれたんだけどさ。もうこっちは全員ガチガチで。上野さんや大神さんがいたらもっとソツなく話せたんだろうけど、二人とも四回生でそんな話に付き合ってる暇もなかったし。で、三回生だった俺たちと二回生が相手をしたんだけど、雑談もろくにできません！　みたいな」

「それはまた、純情というか何というか……」

「上野さんの人懐こさと大神さんの肝の太さがあのときほど欲しかったことはないな、全員」

「いや、女の子と喋《しゃべ》るのに肝の太さは関係ないからね。人懐こさはある意味重要かもしれないけど」

「肝っ玉も要るって絶対！」

そうでなくとも、大神がラブレターをもらったというだけで部室が大騒ぎになったほど女に縁がなかった連中である。

「そんで、向こうの実行委員の子がノートを忘れて帰ったんだよな。それをこっちの後輩が見つけて……」

おい、今すぐ届けに行けって！

これきっかけに繋げろよ！

忘れたノートを見つけたその後輩に誰の異議もなくチャンスが譲られたのは、自画自賛かもしれないが当時の【機研】のフェア精神と気持ちのよさが物を言ったと思う。

え、え、でもどうやって？　怖気付《おじけづ》いた後輩に訊《き》かれて全員が一斉に悩んだ。こういう展開をどう転がしたら後に繋がるか、そうしたことに長《た》けた奴は一人もいなかった。ルックスがよく、女が切れたことがないという奴もいるにはいたが、え、俺はいつも相手からだから……自分からアプローチしたことないからそんなの分かんない。

そんなことを吐《ぬ》かしくさって周囲からタコ殴りにされた。

結局悩みに悩んで、そのノートの中にメモを挟んで返すことになった。文面も悩みに悩んで――『忘れものです。成南大機械制御研究部・○○』。これに携帯の番号とメルアドを添えた。

そしてメモに気づいてもらえるように表紙裏にクリップ止め。

「うわ、ダメダメだ」

そこまで聞いた彼女がこめかみを押さえた。

「分かってるんだよ、ダメダメだったことなんか！」

彼も当時を遡《さかのぼ》って駄目出しを食らったようで思わず顔を赤くした。

男が十何人がかりで知恵を出し合ってこんなアプローチしかできなかったことが、

今となっては痛いというか純情というか。

「一応聞いとこうかしら、結果」

「……渡したときにお礼を言われて、メモに関しては一切言及なし。電話もメールもなかったってさ」

「そりゃそうよね、女の子が展開させてくれるの期待してるようなヘタレな意思表示じゃあねぇ」

彼女は呆れ顔である。

「どうしてそこで『もしよかったら携帯番号交換してくれませんか』とか言えないのかしら。女子大のほうも出会いが少ないのは一緒だから積極的にいけば何とかなったかもしれないわよ」

あなただってあたしのこと口説いたときは堂に入ったものだったのに、と彼女は首を傾《かし》げた。

「何でもっと有効なアドバイスしてあげないのよ」

「だからそれはさぁ。俺も社会人になってやっと女慣れしたの！」

「へえ、女慣れしてたんだ」

彼女は自分からそんな話題を振ったくせに、拗《す》ねたような口調になった。

そんなところがかわいい、――なんて、三十も過ぎてバカップル扱いだろうか。

「少なくとも、女子社員と普通に雑談できるくらいにはなってたってこと！　それにそっちも俺のこと好きだなってサインがちらほら見えたし、これはいけるって思ったから積極的になれたの！」

「……へへ」

彼女が横から腕を組んできた。やめろよ、と慌《あわ》てて振り払う。

「もしうっかり上野さんにでも見られたら――……」

そんなことを口走ってしまったのは、あまりに変わらなさすぎる校内の様子が意識を十年前に戻していたらしい。

そうだ、もういないんだ。必要もないのに毎日のように、うっかりすると休みの日まで部室に入り浸っていたあの頃の【機研】メンバーは。

「昔の仲間に見つかったら恥ずかしい？」

からかうような彼女の声に、彼は小さく笑って首を横に振った。

大丈夫だ、もううっかりばったりなんてこともない。

彼女は彼の反応をどう受け取ったか、笑い返して腕を組む代わりに手を軽く繋いだ。

そのときである。

『『らぁめんキケン』の行列、最後尾はこちらでーす！』

どきんと胸が跳ねた。

「わあ、ホントにすごい行列！」

彼女が驚いたように声を上げた。【機研】が毎年取っている区画で店を出している

としたら、これは五十人待ちは固い。

「ただいま約二十五分待ちになっておりまーす！」

エプロンを着けた現役部員が走り回って客の整理をしている。

「すごい、人気のラーメン屋さん並だね！」

彼女ははしゃいだ表情で彼を見上げた。

「待つの大丈夫？」

「平気平気、これ食べないと来た意味ないじゃない！」

彼女は率先して列の最後尾についた。

「ね、味変わってないかどうか教えてね」

「十年も前だし自信ないなぁ」

彼女の質問をかわしつつ、そのことで一番緊張しているのは彼自身だった。

行列がじりじりと進み、屋台が見えてくると彼女は目を瞠《みは》った。

「ちょっと……話には聞いてたけど、これは……」

彼女が彼に向き直って真顔になる。

「学祭のレベルじゃないわよ？」

「うん、だから学祭レベルじゃないって言ったじゃん」

それでも屋台が見えるまでは不安だった。あの大仰な造りの、学祭レベルを大きく踏み越えた屋台がもうなくなっていたらどうしよう、と。

それは健在だった。古びた木材を新しくしている箇所はあるようだったが、基本的な造り自体は変わっていない。

「ねえねえ、看板」

彼女がいたずらっぽく小声で囁《ささや》いた。

やっと字が読めるまで近づいた看板の煽《あお》り文句は――

〔毎年お馴染《なじ》み、ハズレなし！『奇跡の味』はこちらです！〕

ホントかどうか厳しく判定してあげないとね、と彼女は笑った。

カウンターに座るまで更に十分ほど待って、彼は豚骨チャーシューを、彼女は醬油《しょうゆ》チャーシューを一杯頼んだ。

「一口交換ね」と彼女は抜かりなく彼にねだる。

「豚骨チャーシュー一丁、醬油チャーシュー一丁入りましたー！」

「豚骨チャーシュー一丁、醬油チャーシュー一丁！」

部員の動きには無駄がない。まるで、――あの頃の自分たちのように。

注文を復唱し、手際《てぎわ》よくお冷やを出し、器を下げ、客が入れ替わる度にカウンターを拭《ふ》き。

眺めていると出前も健在のようだ。出前自転車はさすがに作り替えているのだろうが、設計は当時と同じだった。やはり今の自転車も「チャリの墓場」から拾ってきたのだろうか。

「ね、どう？」

彼女が横から小声で窺《うかが》ってくる。何を訊かれているかは分かるので、彼は厨房《ちゅうぼう》の中を観察した。少し伸び上がって火にかかっている煮込み中のスープ鍋《なべ》の中も。

「厨房の配置は俺たちの頃と変わってないよ。スープの材料も変わってなさそう」

やがて、連れ同士には同時に出すのが当時の鉄則だったラーメンが、彼と彼女の前にも一緒に出された。伝統は守られているらしい。

「わぁ、おいしそう！」

手を合わせた彼女が割り箸《ばし》を割る。彼も。

期待半分、不安半分に麵《めん》をすすると、

「おいしい！」

感想は彼女が代弁してくれた。

「ね、どう？」

「……うん。変わってない、と思う」

ラーメンをすすっている間に出前が発進した。

「事務局の出前行ってきまーす！」

「こけるなよ！」「こけたら殺すぞ！」

殺人的な慌ただしさの中、こいつらは何て——何て楽しそうなんだろう。

なあ、気づいてるか、お前ら。お前ら、今は必死で楽しいなんて考える余裕もないだろうけど。店回すのが楽しくて仕方ないってビシビシ伝わってくる。

今は店をやり遂げた達成感や打ち上げの解放感のほうが楽しく思えるだろうけど。

楽しかったのは正にその厨房の中で、シフトが終わるなり植込みに突っ込んで寝るほど極限まで働いてる正にその瞬間なんだ。

それに気がつくのは、自分がもう厨房の店員にも出前の司令塔にもなれなくなってからなんだ。部外者になってからじゃないと分からないんだ。

だから――限界までやっとけよ。祭の主役でいられるうちに。

きっと俺たちもその厨房の中にいた頃が一番楽しそうに見えたんだ。

「おいしかったー、スープまで全部飲んじゃった」

猫舌の彼女が彼よりも早くラーメンを食べ終わっていた。それだけ旨《うま》かったということにほかならない。

と、彼女はお冷やのお代わりを注《つ》いだ店員に声をかけた（お冷やは客にお代わりを頼まれたら負けだ、というのも掟《おきて》だった）。

「あのー、この味って完成したときから変わってないんですか？」

「あ、はい！　十年前のＯＢが完成させて、それからずっとこの味を守ってます！」

「準備日の営業は今でもやってるの？」

「あ、はい、それも……」

頷《うなず》いた店員が逆に尋ねた。

「お客さん、詳しいですね。当時のことご存じなんですか？」

「実はあたしじゃなくてこの人」

彼女は言いつつ彼を示した。

「この味を完成させた代のOBなの、彼」

「ええっ、じゃあ伝説の百万超えを達成した代の⁉　ちょっ、みんな！　百万超えのOBが！」

彼はすすっていたラーメンを噴きそうになった。

伝説になっているのか、自分たちは。

店長らしい部員がわざわざ手を止めて挨拶《あいさつ》にきた。

「いらっしゃいませ！　百万超えのOBにお会いできて光栄です！」

「いや、あの……」

「お味のほうはいかがでしたか⁉」

「う、旨かったよ。俺たちの頃と変わってない」

おおっ、と厨房の中が盛り上がる。

「もしよかったら三〇二教室に行ってみてください。数代前から準備室として教室を一つ借りるようになってて、OBの方たちの連絡所にもなってるんで」

とっさに返事ができなかった彼に代わり、彼女が「ありがとう！」と笑顔で締めてくれた。

「校内に入るとこれはまた……学祭中とも思えない寂れっぷりだわねー」

彼女はいっそ感心したように呟《つぶや》いた。

「やっぱりメインは外だからな」

「そこが女子大とは逆なのよねぇ。……それにしたって、フツー廊下の電気くらいは点《つ》けとかない？　薄暗くて恐《こわ》いよ何か」

「まあ、古い建物だしなぁ。怪談なんかもあったよ」

「やだっ、言わないでよ！」

悲鳴を上げる彼女とは別の意味で、教えられた教室を目指す彼の心臓はそわそわと落ち着かなかった。

記憶の中とまったく変わらない、あちこち古びてガタがきた校舎。九十九％男子校ならではの無造作なのか、壁は傷や汚れだらけなのに塗り直し一つしていない。

やがて件《くだん》の教室の前に着いた。人の気配はしないが中の明かりは点いている。

彼は一つ深呼吸をして、教室の扉を開けた。

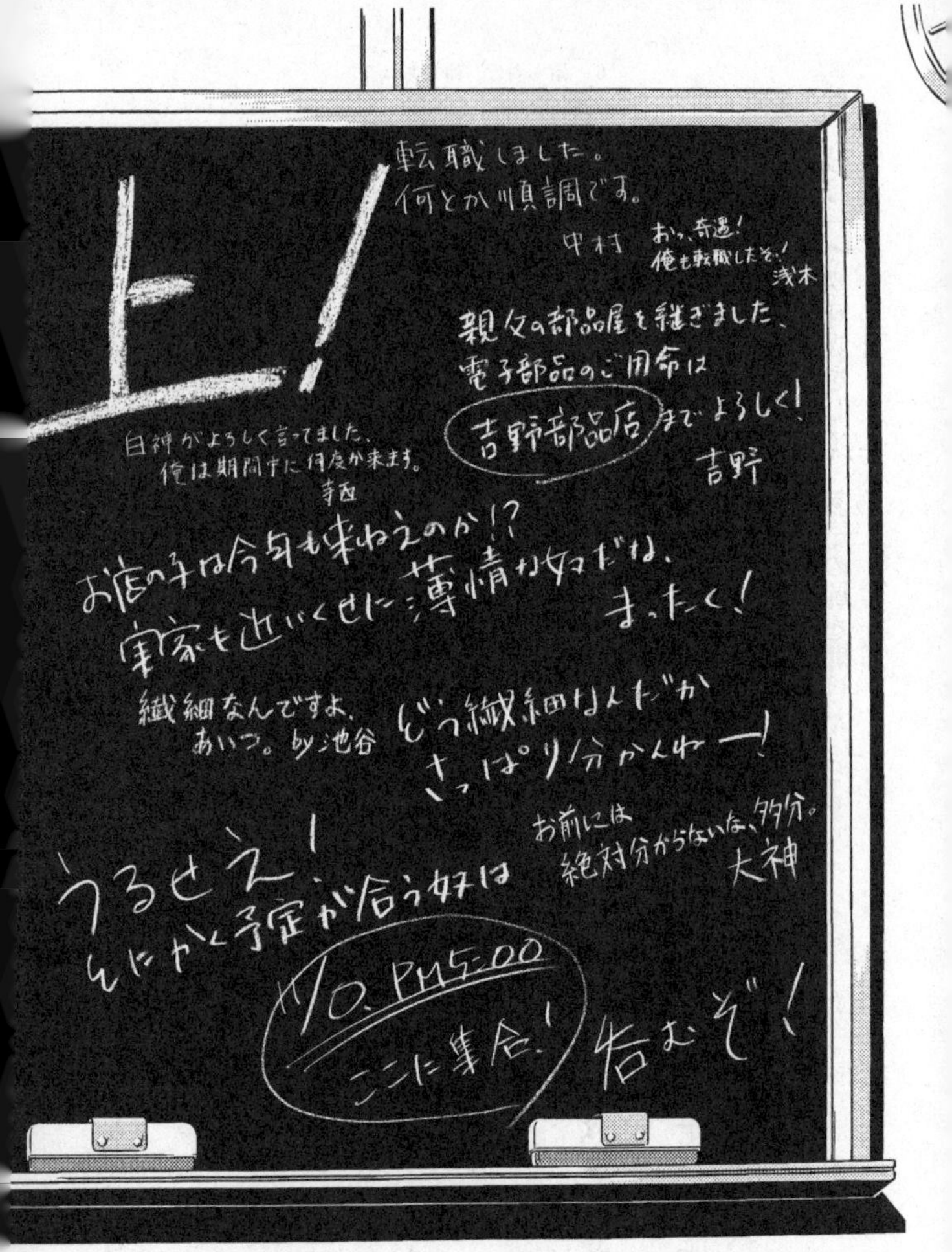
上!
転職しました。
何とか順調です。
中村
おっ、奇遇!
俺も転職したぞ!
浅木
親父の部品屋を継ぎました。
電子部品のご用命は
吉野部品店までよろしく!
吉野
白神がよろしく言ってました。
俺は期間中に何度か来ます。
寺西
お店の子は今年も来ねえのか!?
実家も近いくせに薄情な奴だな。
まったく!
繊細なんですよ、
あいつ。by池谷
どう繊細なんだか
さっぱり分かんねー!
お前には
絶対分からないな、多分。
大神
うるせえ!
とにかく予定が合う奴は
11/0. PM5:00
ここに集合!
呑むぞ!

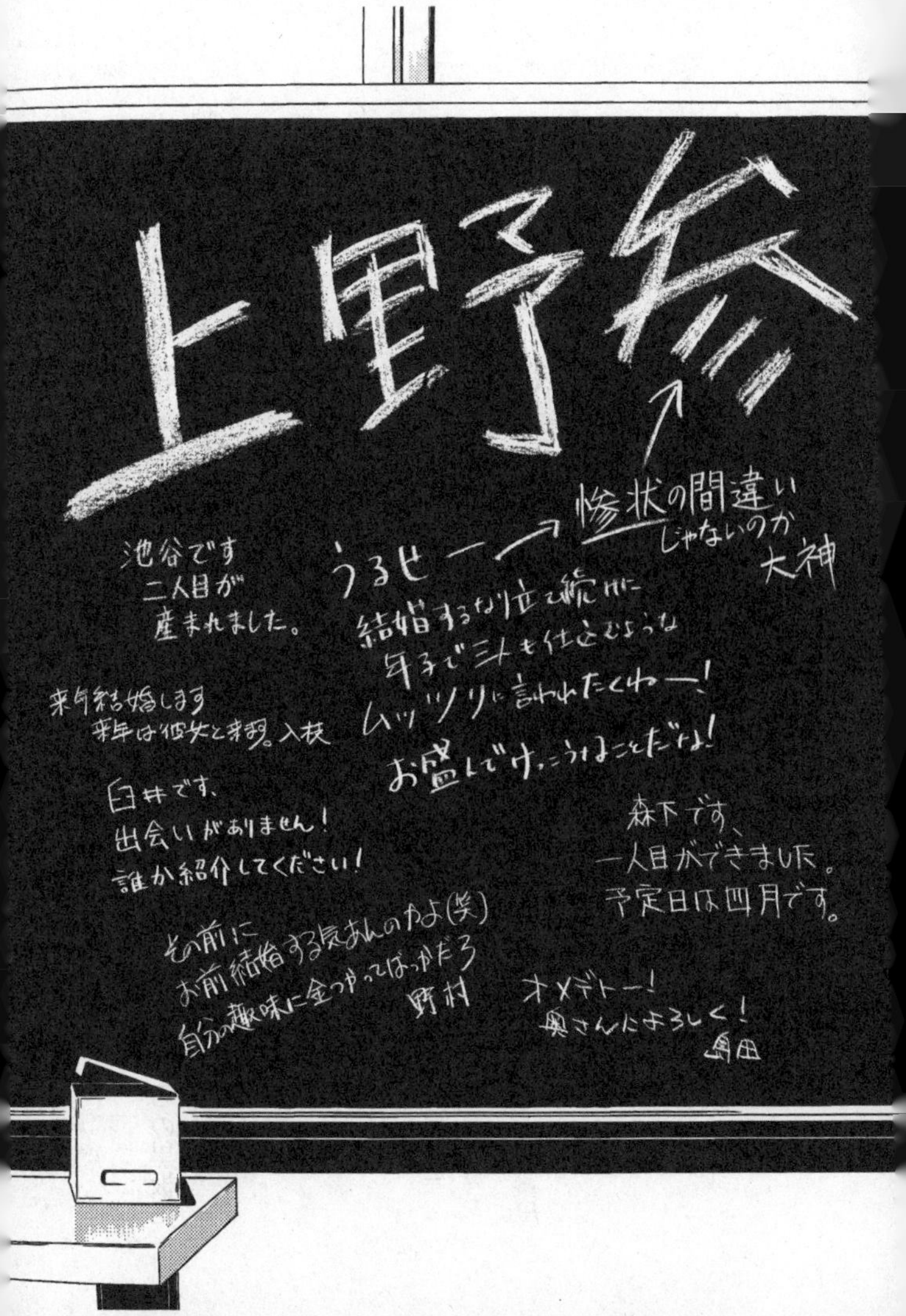
上野祭
惨状の間違いじゃないのか
大神
うるせー
結婚するなり立て続けに
年子で三人も仕込むような
ムッツリに言われたくねー！
お盛んでけっこうなことだな！
池谷です
二人目が
産まれました。
来年結婚します
来年は彼女と来ます。入枝
臼井です。
出会いがありません！
誰か紹介してください！
森下です、
一人目ができました。
予定日は四月です。
その前に
お前結婚する気あんのかよ(笑)
自分の趣味に金つかってばっかだろ
野村
オメデトー！
奥さんによろしく！
島田

一体どれだけその黒板を見つめていただろう。

上野・大神期の【機研】メンバーで占領して、他の代のＯＢは教室の後ろの黒板に追いやられている有り様だ。

こんなに――泣きたくなったのは、一体どれくらいぶりだろう。

ふと気づくと、彼女が横から手を繋《つな》いでいた。

「明日だね、上野さんの指定日」

彼は無言で頷いた。

「この連休、実家に泊まっていくって言ったらお義父さんもお義母さんも喜ぶよ」

また頷く。

「明日は朝帰りになってもいいから、とことん飲んでおいでよ。お義父さんとお義母さんの相手はあたしがしとくから」

「……サンキュ」

そして彼は黒板に向かった。誰も使っていなかった赤いチョークを持つ。

「お店の子、遅れ馳《ば》せながら参上！　11／○はまた来ます！　元山」

——俺たちは【機研】だ。【機研】は俺たちのものだ。

今は違う。でも。

俺たちは【機研】だった。【機研】は俺たちのものだった。

その時代は消えない。なくならない。思い出せばいつもそこにある。

それはなくなったのではなく、
宝物になった。

全力無意味、全力無謀、全力本気。

——一体あんな時代を人生の中でどれほど過ごせるだろう？

元山は妻を引き寄せて軽く抱いた。

「……ありがとう。お前が喜んで聞いてくれたからだ」

もうなくなってしまったのではないかと恐れていたこの場所へ、もう一度来る勇気が持てた。

その時代を片付けるつもりだったのに、誰も片付けていなかった。

どいつもこいつも何てバカで、何て愉快な。

「俺、【機研】が好きだったんだ。ホントに」

昂《たか》ぶった感情のまま喋《しゃべ》ろうとした元山の唇を妻が人差し指で塞《ふさ》いだ。

「その気持ちは明日存分に味わってきて。あんまり聞くと男の友情に嫉妬《しっと》しそう」

いたずらっぽく笑う妻を、元山は力いっぱい抱き締めた。

泣くのを我慢するように妻の低い肩に顔を埋めた。

Fin.

あとがき
田屋
『キケン』が本になるなんてなぁ
ホントに書けるの?って思ってたんだけど
んっそう
当時の楽しさって他人に説明しようとすると難しいもんな
つーか、これって俺らの犯罪記録になってない?もう時効?
銃刀法が変わる前だったしなー
メタル弾合法だったんだよなー。当時

上野さんは当時でもアウトでしょ、これ……
元は酒の席の昔話だからな。酔っ払いの話は誇張されるもんだ
大丈夫だって、事実とはだいぶ異なるから
はい？
砂場の形で砂が浮くってとこな、実際はもっと――……
誰かこの酔っ払い黙らせろ！
そんなわけでこの物語はフィクションです

あとがき（単行本時収録）

そんなわけで【機研】（仮）の皆さんありがとうございました。

トビラ漫画は小説新潮の連載時よりそのまま流用。小説新潮でこのトビラを強行したんだから我ながら気合いを入れて遊んだなぁと思います。

ちなみに漫画のほう、スクモさんが毎回の話を読んでコマを割ったものに私がネームを入れ、デザイナーの渡辺さんがネームの配置やフォントの種類等を指定する、という三分業制でした。毎回たった一ページですがたいへん贅沢《ぜいたく》な作りとなっております。人件費に換算したらいくらだ。

最終回のトビラと単行本装丁だけ、私が先にネームを指定してスクモさんがコマを割るという逆転作業。スクモさん的にはどちらが楽だったのか興味深いところです。

そして最終回のアレは更に「新潮社編集部協力」という感じです。上野が小説新潮の担当さん、大神がデザイナー渡辺さん、池谷がスクモさん。それぞれ「奴《やつ》らしい字を意識してください」と無茶振りして書いていただきました。他の連中は小説新潮担当さんが「ご協力お願いします」と原稿を持ち込んだとき編集部に居合わせた編集さんたち。

皆さん「お、何だ何だ」と集まってこられ、ノリノリで書いてくださったそうで。女性編集者さんで「頑張って男っぽい字を書くからやらせて！」と手を挙げてくださった方も。

装画で遊ぶということはデビュー作の『塩の街』の見開きF14に始まり『三匹のおっさん』で須藤真澄さんにご協力いただいた仕掛けの数々など前向きにチャレンジしてきましたが、今回は「関わった人たちみんなで遊ぶ」という意味では集大成を迎えられたかなと思います。

小説という媒体でこんなふうに遊べるということが試せたという意味でもたいへん満足です。トビラ作るの毎回たいへんだったけど、楽しかった！　関係各位、本当にありがとうございます。

男子というイキモノは独特の世界を持っていると思います。男子しか共有できないその世界は女子から見るととてもキラキラしていて、自分もあの中に混ざりたいなぁといつも思います。

でも、その世界は女子が一人でも居合わせると「本来の姿」ではなくなるのです。

【機研】の彼らは私の同席を拒みはしません。いつでもどうぞ、と笑ってくれます。しかし、仲間の奥さんであっても女子が一人でも混じると、礼儀正しい彼らは「よそいき」の顔になってしまいます。

全開状態の【機研】を女子は直に観測することができません。全開の【機研】は各自トモダチやカレシ、旦那《だんな》さんから話を聞く形でしか窺《うかが》うことができないのです。

どうやら老いも若きもすべての男子は自分の【機研】を持っています。『キケン』を発表して、私は一体何人の男子に「僕の学生時代もねぇ」と語られたか分かりません。自慢かお前ら！

【機研】を持っているすべての男子に羨望《せんぼう》と敬意を表しつつ、女子の身からあなたがたの楽しげな自慢話を物語にしてみました。

男子も女子も楽しんでいただければ幸いです。

有川　浩

解説

藤田香織

……羨《うらや》ましいっ！　なんてバカ愛《いと》しい話なんだ、これは！

二〇一〇年一月に刊行された本書の単行本を読み終えたとき、まず胸にこみ上げてきたのは、そんなド直球な感情だった。まったくスポ根要素はないけれど、これもまた、まごうかた無き、あぁ青春のストライク！　本を閉じた後も、無駄に全力で、無駄に熱く、無駄に物語のなかを駆け回っていた登場人物たちが、ワイワイガヤガヤ、頭の中で乾杯を始めるような状態で、つくづく男って、いや、男の子って……！　と、苦笑せずにはいられなかった。

と、同時に作者である有川浩さんについても、少々認識を改めたのもまた事実。本書を読むまで、私は有川浩＝大いなる「愛と戦い」を描く作家、だと思っていたのだ。

二〇〇三年に第十回電撃小説大賞を受賞したデビュー作『塩の街』（電撃文庫→メディアワークス→角川文庫）から連なる自衛隊三部作や、出世作となった「図書館戦争」

シリーズ（『図書館戦争』『図書館内乱』『図書館危機』『図書館革命』＝メディアワークス→角川文庫。『別冊　図書館戦争Ⅰ』『別冊　図書館戦争Ⅱ』＝アスキー・メディアワークス→角川文庫）は言うまでもなく、本書の前年、〇九年に刊行された『三匹のおっさん』（文藝春秋→文春文庫）や『フリーター、家を買う。』（幻冬舎→幻冬舎文庫）も、愛する町や大切な人のために立ち上がり、戦う人々の物語と位置付けることができる。『クジラの彼』、『ラブコメ今昔』（共に角川書店→角川文庫）、『植物図鑑』（角川書店→幻冬舎文庫）の、甘さが美味《うま》さ（そして巧《うま》さでもある）に直結した恋愛模様が、多くの読者を虜《とりこ》にしたことも、まだ記憶に新しかった。

ところが。本書はどうだろう。戦いは……なくはない。愛も……なくもない。けれどそれは、これまで読んできた有川作品の主人公たちが、挑み、願い、乗り越えてきた物事と比較すると、端的にいってとても小さな、もっといえば取るに足らないものでしかない。登場人物たちは、この国や、自由や家族を守るわけでもないし、そんなことは考えてさえいないだろう。

でも、それがいいのだ。

すっかり大人になった今だから分かるのだけれど、自分と仲間のことだけを考えていられる、小さな世界だけに夢中になっていられる期間は、人生のなかでほんのわずかしかない。本書には、その儚《はかな》くも尊い時間が、鮮やかに描かれている。そしてつくづく思った。SFミリタリーでも、ベタ甘でも、こんなに小さな世界でも、有川さんの描く小説は「枠」になど留まらない。そこから先へ広がっていくのだと。

その小さな世界＝本書の舞台となるのは、一回生、二回生という学年表記から推測するに、関西地方にあると思われる男子学生率九十九％の成南電気工科大学。物語は新入生の元山高彦《もとやまたかひこ》が、学内掲示板に貼《は》られたクラブの勧誘チラシに目を止める場面から幕を開ける。〈学内一の快適空間【機械制御研究部】！　エアコン・冷蔵庫・AV設備一式・仮眠用ロフトその他完備！　君たちもクラブハウス一のこの快適空間を味わおう！〉。不動産屋さながらの謳《うた》い文句に気をとめた一瞬の隙《すき》をつかれ、元山と居合わせた友人の池谷悟《いけたにさとる》は、部員らしき上級生にクラブハウスへと連れ込まれ、結果、成り行きで「機械制御研究部」通称「機研」に入部することになった。

元山は情報通の池谷から、「機研」はかなりアクの強い部らしい、と聞かされていたわけだけど、まずはそんなふたりを懐柔する上級生・上野直也《うえのなおや》の言動に要注目。有川作品にはキャラクターの立ち上がりが早い＝物語の序盤から登場人物の人となりが掴《つか》みやすいという大きな特徴があるが、恐らく主人公より読者の人気が高そうな上野もまた然《しか》り。人懐《ひとなつ》こいのに強引で、嘘《うそ》は吐《つ》かぬが本当のことも口にしない。イカレた人たらし、憎み切れないロクデナシ感が早くもだだ漏れている。（ちなみに単行本刊行記念として二〇一〇年二月号の「小説新潮」に掲載された番外編でも、上野のイカレっぷりはたっぷり発揮されている。ＰＣ研との部室争奪戦の全貌《ぜんぼう》が明かされているので、気になる人はぜひ！）

「機研」は三回生が幽霊部員状態で、副部長は、じっとしているだけで無駄に迫力のある大神宏明《おおがみひろあき》が、そして部長を上野が務めていたのだが、二回生はこのふたりだけ。新入部員一号＆二号となった元山と池谷は「大魔神」＆「成南のユナ・ボマー」という、なんとも不穏なあだ名を持つ危険なふたりに命じられ、舎弟感全開で新入部員獲得に奔走する。（元山と池谷が警戒しつつも「機研」に入部したのは、部室の設備以上に、実は密《ひそ》かに大神と上野のキケンな匂《にお》いに惹《ひ》かれた部分もあるはず！）

かくして元山と池谷を含み九名の新入部員が集まり、「機研」は本格的に走り出していくのだけれど、興味深いポイントとしては、いわば大学の部活小説であるにもかかわらず「機械制御研究部」の真の活動はほとんど描かれていないことにも注意してみて欲しい。

本来「機研」は〈全国レベルのロボット選手権なんかで上位まで残ったり、その他の発表会でも展示物が入賞したり〉と目立つ実績があり〈そのぶん活動は厳しかった〉。それが現在も受け継がれていることは、第五話「勝たんまでも負けん！」の上野と天敵・曽我部《そがべ》教授とのやりとりからもよく分かる。そこにも当然、笑いあり、涙ありのドラマがあったはず。にもかかわらず、有川さんは、そこをさらっと流してしまう。

代わりに熱く激しく語られるのは、上野が世界一有名な爆弾魔に例えられる所以《ゆえん》、男子の悲劇極まる大魔神の恋の顚末《てんまつ》、死闘狂騒後に伝説となる学園祭のラーメン売り、不本意ながら出場したロボット相撲大会の唖然茫然驚愕《あぜんぼうぜんきようがく》作戦、あわや●密造まで行き着いた部内の静かなる闘争。これがまた、実に心ニクイのだ。

＊ここからちょっとしたネタバレ含みます。本文を未読の人はご注意を。

大事な注意点として忘れちゃならないのは、この数々の出来事が実は回想形式で描かれていること。登場人物のひとりが（といっても大方の読者は予想がつくと思いますが）結婚して数年になる妻に、想《おも》い出話として「機研」を語っているわけだが、その「彼」や、そして他の部員たちが、真っ当な部活動にも〈全力本気〉で取り組んでいたのは間違いない。でも、有川さんがそこを掘り下げなかったのは——彼にとって、そんな真面目《まじめ》な話を妻にするのは、気恥ずかしかろう、という親心があったからではないか。想像でしかないけれど、そんなふうにあれこれ妄想できる、させてくれることが、物語の楽しさをさらに膨らませていく。

と、同時に、私はここで語られていることも、実際にはこれが全《すべ》てではないとも思うのだ。想い出にはどうしたって補正がかかるし、覚えていても言えないこともきっとあるはず。聖人君子じゃあるまいし、彼らの心の奥底には、どろどろした負の感情だってあったに違いない。でも、有川さんはそれを描くことなく、ただひたすら楽しかった記憶だけを語らせる。物語としてはシリアスな場面もあったほうが緩急がつけやすいのに、そうしない潔《いさぎよ》さ。勢いにまかせて書いているようで、これは容易なことではない。

最後に。あまりにも次々と騒動が巻き起こり、凄《すさ》まじい勢いで物語が疾走していくのでつい忘れそうになるけれど、ここで語られている「機研」の黄金期は、わずか一年と数ヶ月という短い時間だ。けれど、その僅《わず》かな時間を、卒業して十年が過ぎた今も、語り手の彼はこれほど鮮やかに覚えている。彼にとって「機研」がどれだけ大切なものであるかは、妻から学園祭に行こうと誘われたときの逡巡《しゅんじゅん》から深く伝わってくる。自分が今も大切に想っている時間が、場所が、もう仲間たちにとってそうではなくなっているかもしれないという不安。同じ気持ちを体感したことがある人は、決して少なくないだろう。

　でも、だからこそ。「あの頃」は「あの頃」として認めなくちゃいけない。そう決意した彼が、ずっと避け続けていた学祭に足を運ぶまでは、本書の唯一《ゆいいつ》といっていい「緩」の場面だ。有川さんは、全力で描いてきた「あの頃」の後に、ゆっくりと、噛《か》みしめるように「今」を描く。そして、覚悟した彼だけでなく「明日」の支えになる、遊び心の詰まった仕掛けで私たち読者をも待ち受けるのだ。

　まったくもう。なんだよもう！　泣きたくなるのは安堵《あんど》感からだけじゃない。久しぶりの再会を果たした彼らは、そのまま「機研」の快適な部室で雑魚寝《ざこね》することもなく、それぞれの場所へ帰っていくのだろう。彼らには、成南大のユナ・ボマーでも大魔神でもお店の子でもない、まっとうな社会人として、子煩悩《こぼんのう》なパパとして、愛妻家の夫としての日常がある。その、これからの日々が、「あの頃」と確かに繋《つな》がっているのだと信じられることが嬉《うれ》しい。バカ話を楽しく語れるのは、聞けるのは、読めるのは、平穏な今があるからだ。そう実感できることが嬉しい。

　どんな物語を描いても、有川さんはこれからもきっと、全力で肯定してくれるだろう。生きること、生きていくことを。


（平成二十五年四月、書評家）

この作品は平成二十五年七月新潮文庫より刊行された。

キケン

有川《ありかわ》 浩《ひろ》

平成28年 6月25日 初版発行
令和6年 4月30日 18版発行

発行者●山下直久

発行●株式会社KADOKAWA
〒102-8177 東京都千代田区富士見2-13-3
電話 0570-002-301(ナビダイヤル)

角川文庫 19794

印刷所●株式会社KADOKAWA
製本所●株式会社KADOKAWA

表紙画●和田三造

●お問い合わせ
https://www.kadokawa.co.jp/ (「お問い合わせ」へお進みください)
※内容によっては、お答えできない場合があります。
※サポートは日本国内のみとさせていただきます。
※Japanese text only

ISBN978-4-04-103901-4 C0193

◆◇◇

角川文庫発刊に際して

角川源義

第二次世界大戦の敗北は、軍事力の敗北であった以上に、私たちの若い文化力の敗退であった。私たちの文化が戦争に対して如何に無力であり、単なるあだ花に過ぎなかったかを、私たちは身を以て体験し痛感した。西洋近代文化の摂取にとって、明治以後八十年の歳月は決して短かすぎたとは言えない。にもかかわらず、近代文化の伝統を確立し、自由な批判と柔軟な良識に富む文化層として自らを形成することに私たちは失敗して来た。そしてこれは、各層への文化の普及滲透を任務とする出版人の責任でもあった。

一九四五年以来、私たちは再び振出しに戻り、第一歩から踏み出すことを余儀なくされた。これは大きな不幸ではあるが、反面、これまでの混沌・未熟・歪曲の中にあった我が国の文化に秩序と確たる基礎を齎らすためには絶好の機会でもある。角川書店は、このような祖国の文化的危機にあたり、微力をも顧みず再建の礎石たるべき抱負と決意とをもって出発したが、ここに創立以来の念願を果すべく角川文庫を発刊する。これまで刊行されたあらゆる全集叢書文庫類の長所と短所とを検討し、古今東西の不朽の典籍を、良心的編集のもとに、廉価に、そして書架にふさわしい美本として、多くのひとびとに提供しようとする。しかし私たちは徒らに百科全書的な知識のジレッタントを作ることを目的とせず、あくまで祖国の文化に秩序と再建への道を示し、この文庫を角川書店の栄ある事業として、今後永久に継続発展せしめ、学芸と教養との殿堂として大成せんことを期したい。多くの読書子の愛情ある忠言と支持とによって、この希望と抱負とを完遂せしめられんことを願う。

一九四九年五月三日

角川文庫ベストセラー

空の中　有川　浩

200X年、謎の航空機事故が相次ぎ、メーカーの担当者と生き残ったパイロットは調査のため高空へ飛ぶ。そこで彼らが出逢ったのは……？　全ての本読みが心躍らせる超弩級エンタテインメント。

海の底　有川　浩

四月。桜祭りでわく米軍横須賀基地を赤い巨大な甲殻類が襲った！　次々と人が食われる中、潜水艦へ逃げ込んだ自衛官と少年少女の運命は⁉　ジャンルの垣根を飛び越えたスーパーエンタテインメント！

塩の街　有川　浩

「世界とか、救ってみたくない？」。塩が世界を埋め尽くす塩害の時代。崩壊寸前の東京で暮らす男と少女に、そそのかすように囁く者が運命をもたらす。有川浩デビュー作にして、不朽の名作。

クジラの彼　有川　浩

『浮上したら漁火がきれいだったので送ります』。それが2ヶ月ぶりのメールだった。彼女が出会った彼は潜水艦（クジラ）乗り。ふたりの恋の前には、いつも大きな海が横たわる——制服ラブコメ短編集。

図書館戦争
図書館戦争シリーズ①　有川　浩

2019年。公序良俗を乱し人権を侵害する表現を取り締まる『メディア良化法』の成立から30年。日本はメディア良化委員会と図書隊が抗争を繰り広げていた。笠原郁は、図書特殊部隊に配属されるが……。

角川文庫ベストセラー

ラブコメ今昔　有川　浩

突っ走り系広報自衛官の女子が鬼上官に迫るのは、「奥様とのナレソメ」。双方一歩もひかない攻防戦の行方は!? 表題作ほか、恋に恋するすべての人に贈る〝制服ラブコメ〟決定版、ついに文庫で登場！

レインツリーの国　有川　浩

きっかけは一冊の「忘れられない本」。そこから始まったメールの交換。やりとりを重ねるうち、僕は彼女に会いたいと思うようになっていた。しかし、彼女にはどうしても会えない理由があって――。

再生　石田衣良

平凡でつまらないと思っていた康彦の人生は、妻の死で急変。喪失感から抜けだせずにいたある日、康彦のもとを訪ねてきたのは……身近な人との絆を再発見し、ふたたび前を向いて歩き出すまでを描く感動作！

親指の恋人　石田衣良

純粋な愛をはぐくむ2人に、現実という障壁が冷酷に立ちふさがる――すぐそばにあるリアルな恋愛を、格差社会とからめ、名手ならではの味つけで描いた恋愛小説の新たなスタンダードの誕生！

ラブソファに、ひとり　石田衣良

予期せぬときにふと落ちる恋の感覚、加速度をつけて誰かに惹かれていく目が覚めるようなよろこび。臆病の殻を一枚脱ぎ捨て、あなたもきっと、恋に踏みだしたくなる――。当代一の名手が紡ぐ極上恋愛短篇集！

角川文庫ベストセラー

この世でいちばん大事な「カネ」の話　西原理恵子

お金の無い地獄を味わった子どもの頃。お金を稼げば自由を手に入れられることを知った駆け出し時代。お金と闘い続けて見えてきたものとは……。「カネ」と「働く」の真実が分かる珠玉の人生論。

いけちゃんとぼく　西原理恵子

ある日、ぼくはいけちゃんに出会った。いけちゃんはいつもぼくのことを見てくれて、落ち込んでるとなぐさめてくれる。そんないけちゃんがぼくは大好きで……不思議な生き物・いけちゃんと少年の心の交流。

ナラタージュ　島本理生

お願いだから、私を壊して。ごまかすこともそらすこともできない、鮮烈な痛みに満ちた20歳の恋。もうこの恋から逃れることはできない。早熟の天才作家、若き日の絶唱というべき恋愛文学の最高作。

一千一秒の日々　島本理生

仲良しのまま破局してしまった真琴と哲、メタボな針谷にちょっかいを出す美少女の一紗、誰にも言えない思いを抱きしめる瑛子——。不器用な彼らの、愛おしいラブストーリー集。

クローバー　島本理生

強引で女子力全開の華子と人生流され気味の理系男子・冬冶。双子の前にめげない求愛者と微妙にズレてる才女が現れた！　でこぼこ4人の賑やかな恋と日常。キュートで切ない青春恋愛小説。

角川文庫ベストセラー

角川文庫ベストセラー